DARK
MOON

WITH ENHYPEN

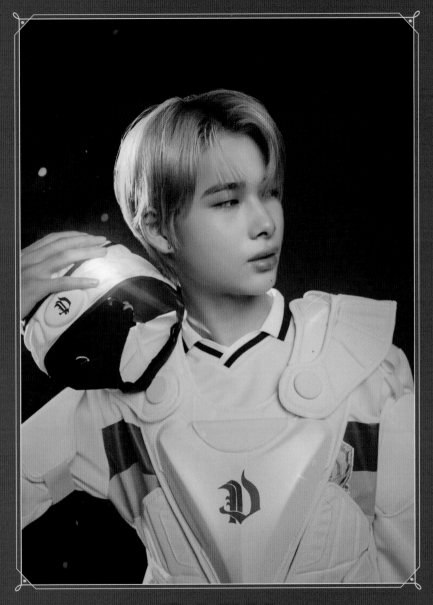

DARK
MOON

WITH ENHYPEN

DARK
MOON
달 의 제단

WITH **ENHYPEN**

DARK
MOON
달 의 제 단
WITH ENHYPEN

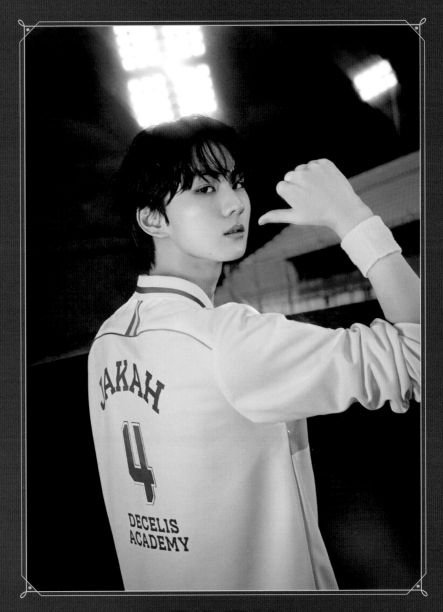

DARK MOON

WITH **ENHYPEN**

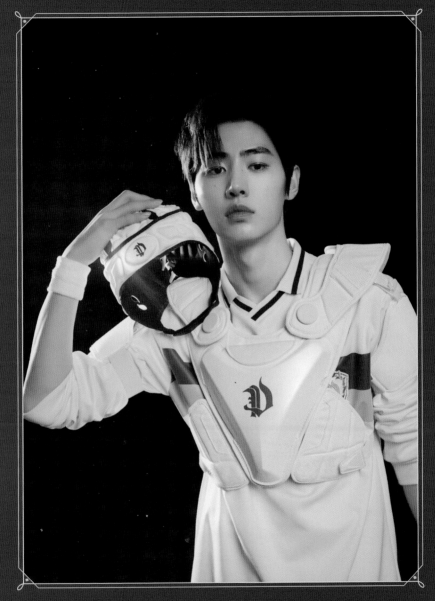

DARK
MOON

WITH ENHYPEN

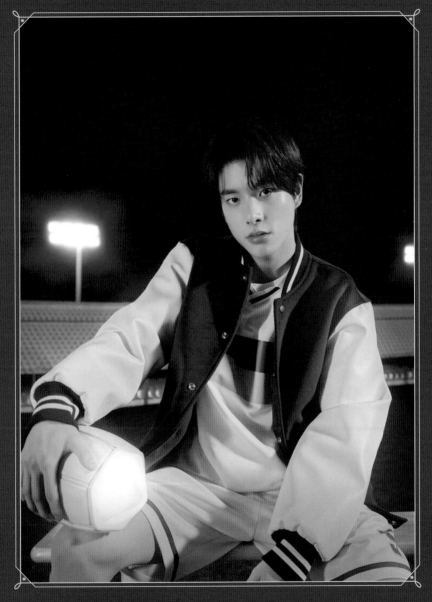

DARK
MOON

WITH ENHYPEN

WITH **ENHYPEN**

기획/제작
HYBE

공동기획

WITH **ENHYPEN**

1
WEBNOVEL

학산문화사

차 례

→ 제1화 ←
전학생은 평범하고 싶다 *part 1* ································· 22

→ 제2화 ←
전학생은 평범하고 싶다 *part 2* ································· 46

→ 제3화 ←
전학생은 평범하고 싶다 *part 3* ································· 70

→ 제4화 ←
전학생은 평범하고 싶다 *part 4* ································· 88

→ 제5화 ←
전학생은 평범하고 싶다 *part 5* ································· 108

→ 제6화 ←
전학생은 평범하고 싶다 *part 6* ································· 126

→ 제7화 ←
전학생은 평범하고 싶다 *part 7* ································· 146

→ 제8화 ←
전학생은 평범하고 싶다 *part 8* ································· 164

→ 제9화 ←
전학생은 평범하고 싶다 *part 9* ································· 184

→ 제10화 ←
보름달 *part 1* ······································· 202

→ 제11화 ←
보름달 *part 2* ······································· 220

제1화

전학생은 평범하고 싶다
part 1

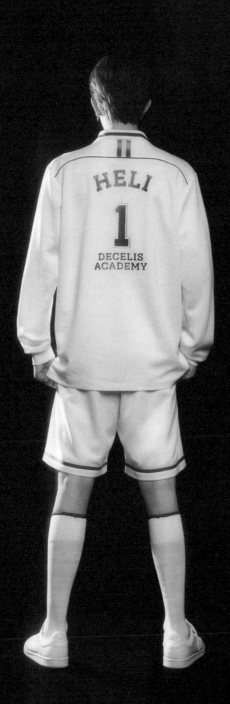

밤이 찾아왔다. 드셀리스 아카데미 데이 클래스를 다니는 학생들은 기숙사 규칙상 지금 이 시간에는 기숙사에 있어야 했다.

하지만 지금은 밤이다. 셀리스 아카데미가 자랑하는 스포츠, 나이트볼 연습을 하는 밤이란 말이다.

"가자, 수하야. 가야 해. 이건 가야 해."

룸메이트인 알렉스는 이제 전학 온 지 갓 한 달이 된 수하를 붙잡고 이 학교에서 '나이트볼'이란 게 어떤 의미를 가지는지 눈을 부릅뜨고 설명했다.

"나이트볼은 밤에 하는 경기니까 연습도 밤에 하는데, 오늘 헬리가 온대! 걔 잘 안 나오니까 무조건 가서 봐야 해!"

사감 선생님이 무섭게 순찰을 돌고 계시겠지만, 선생님의 눈을 피해 빠져나가는 여학생들이 한둘이 아닐 거란다.

"잘생겼다고!"

나이트볼 주전들이 다 잘생겼다는 얘기는 전학 온 지 한 달밖에 안 된 수하도 아는 이야기였다. 하지만 공교롭게도 대부분 학생이 데이 클래스를 다니는 것과는 달리, 주전들은 몽땅 다 나이트 클래스 소속이라 마주칠 일조차 드물다고 한다.

바꿔 말하자면 기숙사에서 탈주를 감안하지 않고서야 그들을 볼 수 없다는 이야기였다.

"게다가 헬리가 나이트볼을 하는 건 꼭 봐야 해. 수하 너도 후회 안 할걸?"

그래, 문제의 '헬리'가 나온단다. 말해봤자 입 아플 정도로 다 잘난 나이트볼 주전 일곱 명 중 주장이다. 노란색과 녹색이 섞인 오묘한 눈과 매끄러운 흑발에 뚜렷한 티존과 전체적으로 창백하고 조용한 미남이었다. 말이 별로 없지만 다정하고 미소를 지어주는 것만으로도 어마어마한 인기를 끌었다.

그는 필요할 때를 제외하곤 나서지 않았지만 훤칠한 키와 단단한 체격, 그리고 대단한 존재감으로 팀을 리드했다. 눈길한번 받으려고 가까이 가는 사람은 많았지만, 그는 기본적으로 예의를 차분하게 지키면서 선을 분명하게 긋는 성격인지 그 누구도 그 이상 선을 넘을 수는 없단다.

"그래, 그 왕자님⋯⋯."

귀족 같다나 뭐라나. 실제로 작위가 있는 거 아니냐는 루머까지 떠돌았다.

반 아이들이 설레는 얼굴로 헬리에 대한 이야기를 하는 것을 종합해볼 때, 수하가 생각하기에 헬리는 왕자님이었다. 비꼬는 것도 아니고 말 그대로 친절하고 잘생기고 운동과 공부, 모두 만능이지만 범접할 수 없는 왕자님.

그 왕자님이 오랜만에 연습에 나오시니 용감하게 창문을 넘고 담을 넘겠다는 룸메이트를 혼자 보내자니, 수하도 딱히 할 것도 없기에 같이 가는 데 동의했다.

알렉스야 기숙사에서 몰래 빠져나가는 데 이미 도가 텄다고 하고, 수하는 해보진 않았지만 몰래 나가는 거야 자신 있었다. 차가운 밤공기를 맞으면서 운동하는 걸 보는 것도 즐거울 거다.

"어⋯⋯, 잠깐만."

담장을 휙 넘어서 초조하게 숨어 있던 알렉스 일행과 다시 만난 수하가 멈칫거렸다. 뭘 안 가져왔나, 했더니 주머니가 비었다.

"나 폰 안 가져왔어. 먼저 가."

"진짜? 나 먼저 가도 돼?"

"우리 체육수업 하는 데라며. 어딘지 알아. 헬리 나온다며. 빨리 가서 봐."

"알았어……. 빨리 와야 해!"

"조심해서 와야 해!"

"걱정하지 마."

수하는 손을 흔든 뒤, 그대로 냅다 창문을 타 넘어갔다. 2층에 바로 붙어 있는 옆 건물까지 가는 건 4초면 충분하다.

뒤에 남은 친구들은 그녀가 보여주는 엄청난 광경을 보며 종알거렸다.

"와, 쟤는 진짜 걱정 안 해도 될 것 같아……."

"수하는 진짜……, 진짜 나이트볼이라도 해야 해. 운동을 뭐라도 해야 해. 바로 올림픽 나갈 수 있을 거야."

뒤에서 룸메가 감탄하고 있다는 걸 아는지 모르는지 수하는 착 붙어 있는 건물들 사이를 쉽게 뛰어넘었다. 몸놀림은 안정적이고, 표정에는 무서운 기색 하나 없었다.

열일곱 살, 수하는 그저 남들보다 '조금' 더 운동신경이 뛰어날 뿐이었다.

그래. 아주 '조금' 뛰어날 뿐이라 기숙사 담을 넘어 나가는 것도 사감 선생님이 상상도 못 할 루트로 나가서 야식을 사 오는 게 특기였다. 그러니 야밤의 외출이야 아무것도 아니다.

실제로 수하가 방으로 몰래 돌아갔다가 다시 나오기까지 별로 시간이 걸리지 않았다. 보통 사람과 다른 속도와 날렵함으로 순식간에 기숙사 담장을 넘은 수하는 휴대폰을 쥐고 주변을 둘러보았다.

'그러니까……, 이쪽이지. 애들이랑 빨리 만나야지.'

후드 주머니에 손을 쑤셔 넣은 수하는 어깨를 움츠리고 좁은 보폭으로 종종 뛰어갔다.

친구들은 '그' 헬리가 온다며 밤에도 거울을 들여다보고 옷을 골랐지만 그녀는 정말 별생각이 없었다.

'으음, 나도 오늘 헬리인가 걔 얼굴을 보면 그냥 나온 걸 후회할지도 모르겠지만.'

물론 헬리를 비롯한 나이트볼 주전들은 드셀리스 아카데미 전체의 사랑을 받고 있으니 수하가 눈에 들어올 턱이 없다.

그래도 명물이라는데 보러 가야지.

큰길에서 샛길로 빠져서, 조금만 더 들어가면 친구들한테 배운 지름길이 나온다. 그녀는 밝게 가로등이 켜졌으나 사람들은 없고 상대적으로 좁은 길로 들어섰다.

재미있는 나이트볼을 볼 생각에 걸음이 경쾌했던 수하의 뒤로 검은 그림자 하나가 길게 늘어졌다.

'내일 점심 뭐 먹지? 요즘 학교 식당 맛있던데……. 주말에 친구들이랑 나가서 놀아야지.'

그때, 가로등 사이사이 짙게 깔린 어둠 속에서 창백하고 하얀 손이 뻗어져 나왔다.

아주 빠른 속도였지만, 수하는 바로 피했다. 그녀는 운동신경이 '조금' 뛰어난 편이니까.

'뭐야, 이 사람?'

수하를 잡으려던 이는 처음 보는 남자였다. 나이는 40대쯤 되었을까. 창백한 얼굴이 유독 눈에 띄었다.

그 남자는 수하가 피했다는 것에 좀 놀란 것 같았다. 고개를 갸우뚱하더니 곧장 다시 위협적으로 손을 뻗어왔다. 낚아채기 위함인지, 아니면 때리기 위함인지 알 수가 없었다.

하지만 하나는 분명했다. 그녀는 또다시 피해야 했다.

"으아……!"

수하는 성공적으로 남자의 손을 피했다. 대단히 빠르다. 하지만 피해볼 만했다. 아주 짧은 찰나, 여러 가지 생각이 스쳐 지나갔다.

'이 변태는 뭐야! 앞서간 애들은 괜찮은 건가?'

그리고 하나 더.

'……때려도 되는 거지?'

수하는 운동신경이 '조금' 뛰어나다. 그리고 힘도 '조금' 셌다. 웬만한 뒷골목은 눈 하나 깜짝 않고 다닐 수 있을 만큼 셀뿐이다.

하지만 수하가 몰랐던 건, 상대가 보통 평범한 양아치가 아니라는 거였다.

"어……!"

일단 소중한 휴대폰은 지퍼 달린 주머니에 넣었지만, 그 와중에 그만 붙들리고 말았다.

수하는 자신을 움켜잡은 남자의 손목을 꽉 잡다가 차디찬 체온에 놀랐다.

그 남자는 그녀를 가만히 들여다보더니 기분 나쁘게 웃으며 중얼거렸다.

"너, 맞구나."

뭐가 '맞다'는 건가. 이해할 수는 없었지만 섬뜩한 체온이 꼭 사람 같지가 않았다. 남자가 히죽 웃으며 드러낸 이가 아주 날카로워 보였다.

'이런 얘기를 하고 이렇게 사람 같지 않은 거야 딱 하나지. 또 귀신이네!'

겉으로 보기엔 평범한 학생인 수하에게는 남들에게 절대로 말 못 할 비밀이 딱 두 가지 있는데.

하나는 남들보다 '조금' 더 센 힘이고, 또 하나는 바로 이거다.

그녀는 어려서부터 인간과는 거리가 먼 존재들을 꿈으로 보았다. 대부분 그녀가 아는 거리를 헤매며 이런 귀신들을 보다가 깨어나는 걸로 끝났다.

어린애가 헛것을 보는데, 힘까지 세다는 건 부모님을 기겁하게 만들고 친구들이 멀어지게 할 뿐이란 걸 일찍부터 깨달았다. 그래서 그때부터 지금까지 조용히 티 내지 않으면서 살아오는데 이골이 났다.

'아니, 근데 왜 꿈도 아닌데 현실에서 귀신이 나타나지?'

문득 의아했지만, 그런 생각을 할 때가 아니다. 어쨌든 꿈에서 본 귀신들은 못된 짓을 실컷 저지르고 다녔고, 지금 마주친 귀신 역시 그러하며, 일단 공격을 받고 있으니 방어부터 한 후에 생각할 일이다.

수하는 이를 꽉 물고 남자의 손목을 비틀어 떼어냈다. 그녀의 표정은 울듯이 일그러졌다.

'기분 나빠! 불쾌해!'

늦은 밤 봉변을 당한 여자가 공포에 질린 모양이다. 그녀를 습격한 남자는 생각보다 강한 그녀의 악력은 무시하고 다시 한번 달려들었다. 아니, 달려들려고 했다.

"저리 가!"

빠악, 하고 딱딱한 게 세게 부딪치는 소리가 났다.

수하를 잡았던 손이 억지로 뿌리쳐지고, 그대로 복부를 세게 걷어차인 습격자는 그대로 길바닥에 처박혀 굴렀다. 수하는 씩씩대며 주먹을 꽉 쥐었다.

'이런 놈은 이 주변 안전을 위해서라도 반드시 쫓아내야지!'

수하는 이를 악물었다.

습격자는 믿을 수가 없다는 눈으로 주먹을 쥐고 가까이 오고 있는 수하를 바라보았다. 어찌나 거세게 맞았는지 일어날 수가 없다. 그는 인간이 아니고, 저쪽은 고작 아이일 뿐인데!

하지만 어마어마한 위압감이 느껴졌고, 방금 느낀 힘은 현실이었다.

습격자는 결국 얼굴을 무섭게 일그러뜨리면서 날카로운 이를 드러냈다. 순식간에 그 남자의 눈이 붉어지면서 눈 주위로

핏줄 같은 것이 섰다. 사람이 아니라는 게 확실하다.

"내가 이럴 줄 알았다니까. 귀신이 어딜 튀어나와?"

이 리버필드 시에도 나름의 새로운 귀신들이 있겠지. 차라리 더 잘됐다. 사람은 때리면 위법이지만, 귀신은 아니니까.

그녀는 괴상한 소리를 내며 달려드는 습격자를 슬쩍 피한 뒤 퍽 소리가 나도록 주먹을 내질렀다.

"내 친구들은 어디 있어?"

열일곱 살 고등학생은 그저 앞서간 친구들이 걱정될 뿐이었다.

습격자는 그녀에게 맞아서 얼이 나갔지만, 수하에겐 그런 게 중요한 게 아니었다.

이놈은 친구들의 안전을 위해서라도 기필코 없애고야 말겠다. 뭐 별것 있나? 그냥 물리적 수단을 동원하면 되는 거지.

"이……!"

그냥 내버려 뒀다간 이 골목에서 다른 학생들을 위협할 수도 있는 귀신을 깔끔하게 처리하도록 하자. 수하는 습격자가 충격을 받은 사이, 그대로 몰아붙이려고 했다.

"잠깐만."

갑자기 끼어든 누군가가 그녀를 가로막았고, 수하는 유감스럽게도 그에게 그대로 주먹을 내지르게 됐다.

그녀의 주먹이 긴 팔에 가로막혔다.

얜 뭐야?

그녀는 그녀를 붙잡으려는 손을 걷어내고, 이번엔 아예 걷어 찼다. 빡, 하고 뭔가가 부서지는 소리가 났다.

'어……? 뭐가 이상한데?'

새카만 눈이 마주쳤다.

"어……? 어어? 어?"

공교롭게도 끼어든 이는 수하가 아는 얼굴이다.

가로등 사이 어둑한 곳에서도 선명하게 보이는 훤칠한 얼굴. 드셀리스 아카데미의 모든 사람이 다 아는 바로 그 차분하고 잘생긴 얼굴!

'네가 왜 여기 있어?'

너는 여기 있는 게 아니라 나이트볼 경기장에 있어야 하잖 아! 친구들이 죄다 얘 보러 갔는데!

그녀보다 훨씬 큰 드셀리스 아카데미의 유명인사는 약간 놀 란 표정으로 수하가 때린 복부를 내려다보았다. 생각보다 힘 이 강해서 놀란 모양이다.

동시에 몹시 미안해졌다.

어떡해, 완전 걷어찼는데!

"물러나. 이 이상은 위험……하니까."

위험하다고 할 때 분명히 수하를 보며 말을 잠시 흐린 그 남자애, 헬리는 그녀를 살짝 밀어낸 뒤, 새카만 머리카락을 흩으며 습격자에게로 돌아섰다.

"하나도 안 위험한……."

뻐억, 하는 굉음이 수하의 말허리를 잘라냈다. 어마어마한 소리와 함께 헬리가 습격자를 가로등 바깥으로 튕겨냈다. 그녀보다 힘이 센 게 분명했다.

그런데 쟤 운동하잖아? 저러다가 다치면 어쩌려고? 수하는 한 발 앞으로 내디뎠다.

물러나라니까. 위험해.

헬리는 소리도 지르지 않고 그저 한숨을 쉬듯, 부드럽게 수하에게 말할 뿐이었다. 이상하게도 그가 말하는 것이 바로 앞에서 조용히 말하는 것처럼 분명하게 들렸다.

'쟤 지금 말한 거 맞아?'

수하는 눈을 커다랗게 떴다. 입술을 움직인 거 같지 않은

데?

"크아악!"

겨우 정신을 차린 습격자가 어둠 속에서 움직이는 게 보였으나, 그는 전혀 밀리지 않았다. 아니, 오히려 압도했다. 속도가 너무 빨라서 눈에 보이지도 않을 정도였다.

쾅!

그들이 부딪치면서 나는 요란한 소리에 수하는 놀라서 움찔거리며 어깨를 움츠렸다. 어쩌면 저 헬리라는 애의 말이 맞는지도 모른다. 저 정도 소리는 수하도 낼 수 없는 소리였다.

이 주변에서 누가 도와줄 사람은 없나? 이렇게 시끄러운데 왜 아무도 오지 않지?

이상하게도 이쪽 골목은 사람 하나 다니지 않았다. 마지막 소리를 끝으로, 골목은 아주 조용해졌다.

수하는 가로등 저편의 까만 어둠을 바라보았다. 털썩, 하고 묵직한 것이 땅에 떨어지는 소리가 들렸다. 그리고 기다란 헬리가 가로등 아래로 걸어 나왔다.

그는 복잡한 얼굴로 서 있는 수하에게 물었다.

"괜찮아? 다친 곳은?"

또다시 아까 들었던 차분하고도 분명한 목소리가 그녀의 의식을 끌어왔다.

수하는 고개를 저으며 물었다.

"너는?"

"나는 괜찮아."

그 애는 근사하고 차분한 얼굴만큼 말투도 차분하고 어른스
러웠다.

"그, 아까 내가 잘못 때려서 미안해."

수하는 진땀을 삐질삐질 흘리면서 사과했다.

완전히 배를 걷어찼는데, 괜찮을까? 의외로 그녀의 힘에 쭉
밀려나거나 주저앉진 않았지만 그래도 멍이 심하게 들었을 거
다.

"진짜 미안해. 아팠지, 진짜 미안……."

"아프진 않았어."

"그게 어떻게 안 아파?"

어릴 때부터 힘이 남달랐던 수하다. 성인 남자도 눈 깜짝 않
고 제압할 수 있는 힘이란 게 평범과는 '약간' 거리가 멀다는
건 알고 있었다.

분명히 아팠을 텐데?

"어디 봐, 다치지 않았어?"

아까부터 수하에게서 시선 한 번 떼지 않고 뚫어져라 그녀를 보고 있던 헬리가 입고 있던 겉옷 지퍼를 내렸다.

"괜찮은데."

그 말과 동시에 겉옷 주머니에서 불길한 소리가 났다. 부서진 기계가 서로 부딪치는 소리.

"······아니구나."

헬리는 덤덤한 목소리로 중얼거리며 완전히 박살 난 휴대폰을 꺼냈고, 수하는 눈을 질끈 감았다.

"미안해······, 변상할게······."

저게 얼마짜리야. 아니, 일단 생각하지 말자. 수하는 슬그머니 단단한 헬리의 몸 뒤쪽을 쳐다보았다.

"어떻게 한 거야?"

"뭘?"

그는 수하의 질문에 조금 당황한 듯 되물었다.

"저거 사람 아니잖아. 귀신이잖아."

"사람이 아니긴 한데 귀신은 아니고······."

귀신이 아니라고? 당황한 수하의 얼굴이 새파래졌다. 그렇다면 살아 있다는 거잖아!

"······뱀파이어라고 들어봤지?"

"뱀파이어? '그' 뱀파이어?"

존재한다고는 하지만 거의 알려진 게 없는 소수종족 아닌가. 사람들은 그들에 대해 관심을 거의 기울이지 않았다.

아니, 그런데 그럼 여태까지 꿈에서 봤던 귀신들이 뱀파이어라는 거야? 설마. 그건 그렇다 치고, 살아 있는 뱀파이어를 저렇게 의식을 잃고 쓰러지게 했다면 어떻게 되는 거지?

"뱀파이어라고?"

놀란 수하가 좀 더 목을 빼고 헬리의 뒤를 보려고 하자 그는 얼른 걸음을 옮겨 시선을 차단했다. 커다란 키와 단단한 체격에 시야가 다 가려져 버렸다.

"다 끝났어. 오늘은 신경 쓰지 마."

그는 아주 단호하게 고개를 흔들었다.

"네가 잘못한 건 없어. 그러니까, 이름이……?"

"수하……."

"수하구나. 나는 헬리라고 불러줘."

그는 마치 아주 중요한 것을 알았다는 듯 한 번 더 중얼거리며 고개를 끄덕였다.

"수하야. 네가 잘못한 거 아냐. 넌 잘했어. 알겠지?"

혹시나 수하가 안 좋은 생각을 할까 봐 걱정하는 건지, 헬리는 하나하나 강조하며 그녀의 눈을 뚫어져라 보았다.

이상하게 그가 그렇다니 정말 그런 것 같았다. 노란빛과 녹빛이 오묘하게 떠도는 눈을 보니 불안하게 흔들리던 마음이 그의 단호하고도 부드러운 목소리와 눈빛을 따라 차분하게 가라앉았다.

그건 단순히 목소리와 눈빛만으로 되는 게 아니다. 헬리에게는 어떤, 거스를 수 없는 분위기와 힘이 있었다.

"응?"

"……으, 응. 알아. 나 잘못한 거 없어."

그리고 이런 험한 경우도 꿈에서 본 것뿐만 아니라 실제로도 몇 번 겪어봤다.

수하는 헬리의 얼굴을 멍하니 바라보다가 조금 늦게 고개를 끄덕였다.

"일단은 기숙사로 돌아가는 게 좋겠어. 통금시간 지나지 않았어?"

"그, 그러는 너는? 지금 그, 뭐냐, 연습인가, 그 시간 아냐?"

지도 연습 쨌으면서! 얼굴이 조금 빨개지고, 또 휴대폰 변상할 생각에 우울해진 수하의 표정을 잠시 살피던 헬리가 물었다.

"혹시 나이트볼 연습 구경 가던 길이었어?"

바로 대답하지 못하고 잠시 머뭇거리는 그녀를 보며, 대충 눈치챘다는 듯 헬리는 웃었다.

그가 웃는 순간 분위기가 또 확 바뀐다. 약간 창백한 얼굴이 빛도 없는 곳에서도 환하게 빛나는 것 같았다.

수하는 순식간에 너무나 창피해졌다.

"나도 좀 늦었는데, 오늘은 아무래도 안 되겠다. 가자. 기숙사까지 데려다줄게."

"그렇지만······."

"오늘 나이트볼 연습도 취소야. 다음 연습 때 와."

아마 '다음'은 없겠지. 수하는 어깨를 축 늘어뜨린 채 고개를 끄덕였다.

"아니, 다음 연습은 너무 머네. 내일모레니까. 다음 연습 말고 내일 봐."

"내일? 아, 그래. 근데······, 휴대폰, 그거, 얼마짜리야?"

변상해줘야지. 정말 조심했는데 오랜만에 또 사고를 치고 말았다. 엄청 비쌀 텐데 엄마한테 어떻게 말하지?

"휴대폰? 그건 왜?"

헬리는 의아하다는 듯 오히려 되물었다.

왜냐니!

"아니, 내가 부쉈잖아⋯⋯. 변상해줘야지."

속이 어마어마하게 쓰렸지만 양심상 절대로 그냥 넘어갈 수는 없는 문제였다.

그런 이야기는 처음 들어본다는 듯 눈을 몇 번 깜빡이며 수하를 보던 헬리는 그러다가 그만 미소를 지으면서 고개를 슬쩍 모로 기울였다.

'쟤애는 지인짜⋯⋯, 쟤는 진짜 아무한테나 저러면 안 돼.'

그녀에게만 지어주는 미소가 아니란 건 확실하게 알겠는데, 그럼에도 불구하고 사람 마음을 마구 뒤흔드는 미소다.

수하는 헬리를 말할 때마다 도저히 가까이 갈 수 없는 어떤 귀한 존재처럼 묘사하던 친구들이 백번 이해가 갔다.

"돈 말고 다른 방법으로 받아도 돼?"

"무슨 방법?"

일단 기숙사 쪽으로 걸음을 옮기는 헬리를 따라 무심코 걷던 수하가 고개를 들었다.

"⋯⋯그건 내일 만나서 이야기하자. 아, 이상한 건 절대로 아니야. 뱀파이어랑 마주쳤으니까 걱정도 되고, 그래서 그래."

헬리는 이상하게도 몹시 긴장한 기색이 역력했다.

"걱정 안 해도 되는데?"

"응, 그건 봐서 알고 있지만……, 그래도. 둘이서 만나는 거 괜찮겠지?"

수하는 약간 붉어진 것 같은 헬리의 얼굴을 보고 고개를 갸우뚱거렸다. 저렇게 조심스럽게 말할 일이 뭐가 있어?

'혹시 나이트볼 하라는 건가?'

아, 그녀의 뛰어난 운동신경을 보고 감탄한 건가 보다.

저건 스카우트 제의가 분명하다. 헬리가 그녀에게 특별한 관심 따위가 있을 리가 없으니까.

제 2 화

전학생은 평범하고 싶다
part 2

다시 골목이 조용해졌다. 시끄러운 큰길과는 달리 오가는 인적도 드문 곳. 그곳에 혼자 서서 커다란 쓰레기통 뒤에 처박힌 시체를 보고 있던 남자가 중얼거렸다.

"이게 대체 뭐지?"

헬리가 빠르게 처리한 시체에게서 힌트를 얻을 만한 건 거의 없었다.

처음 보는 낯선 얼굴에, 그저 사람의 피를 직접 마시는 데 급급해 지나가던 수하를 습격한 뱀파이어라는 것뿐이다.

"아니, 근데 왜……?"

고개를 갸우뚱하던 남자는 가까이 다가오는 가벼운 발걸음 소리에 고개를 들었다.

새카만 머리카락을 쓸어 올린 헬리가 수하를 데려다주고 다시 돌아왔다.

"왜냐니?"

헬리가 물었다.

"별건 없어. 별건 없는 놈인데 왜 아까 그 여자애……"

"수하."

남자의 말을 헬리가 정정했다.

"그래, 수하를 붙잡고 피를 마시려고 한 게 아니라 납치를 하려고 했냐고."

"자기 은신처로 끌고 가서 피를 마시는 타입도 있지."

"그럼 그 말은 뭐야? '너, 맞구나'라고 했잖아. 수하한테."

안 그래도 그 말이 몹시 마음에 걸렸던 헬리의 단정한 미간이 바로 찌푸려졌다.

"그건 지금으로선 알 수 없지. 가지고 가서 확인해보자."

"그래야지."

여기서 할 수 있는 일은 별로 없다. 주변을 살펴도 남는 게 없다.

헬리의 말에 고개를 끄덕이던 남자는 갑자기 히죽 웃었다.

"그건 그렇고, 이상한 건 절대로 아닌데 단둘이 만나자고?"

인사 대신 대뜸 묻는 말에 헬리는 미간을 찌푸렸다.

그래. 쟤가 저럴 줄 알았다.

"휴대폰 박살 낸 애한테 돈 말고 다른 방법으로 갚으라고 한다고? 일단 만나자고? 누가 봐도 관심 있는 거잖아."

어쩐 일인지 헬리가 직접 '혼자' 나서겠다고 하니, 일단 모습을 드러내지 않고 가만히 지켜보던 이안은 뜻밖에도 진귀한 광경을 난생처음 목격해버렸다.

늘 침착하던 헬리가, 관심을 표하며 다가오는 무수히 많은 여자애한테 눈길도 안 주던 '그' 헬리가 처음 보는 여자애 앞에서 평생 하지 않던 짓을 한 것이다.

이안은 빙글빙글 웃으며 헬리를 쳐다보았다.

"재미있냐?"

"어, 재미있어. 걔 힘도 어마어마하게 세고, 뱀파이어를 귀신이라고 생각할 줄은 몰랐네."

눈을 휘며 대답하더니만 결국 허리를 잡고 웃어댄다.

늘 감정이나 표정 변화가 거의 없고 온화한 편인 헬리가 여자애 앞에서 버벅대며 안절부절못하다니.

물론 수하는 눈치도 못 챘겠지만, 헬리는 분명히 심하게 긴장해서 어쩔 줄 몰랐다. 오래도록 함께했던 이안은 바로 알 수 있었다.

"아, 애들한테 가서 얘기해줘야지."

휴대폰이 없어도 얼마든지 의사소통이 가능한 헬리 때문에 나이트볼 연습은 이미 끝났다. 형제들은 지루해하고 있을 게 뻔했다.

"말하든가."

"어, 그래도 돼?"

뜻밖의 대답에 이안은 죽은 뱀파이어 시체를 휙 꺼내는 헬리를 쳐다보았다.

"무슨 상관이야. 어차피 다 알게 될걸."

"……와."

이안은 저보다 조금 큰 헬리를 보며 입을 딱 벌렸다. 숨기지도 않겠다는 거야?

"와서 이거나 도와."

"아니, 어떻게 할 건데? 계속 꿈으로만 봤던 여자애가 나타난 거잖아."

기나긴 그들의 생애를 뒤덮었던 그 꿈.

지금도 간혹 나타나서 웃는 그 여자애가 실존하는 존재라니.

이안은 특히 헬리가 수하를 보자마자 본능적으로 잡았다는 걸 알았다.

"일단 어설프게 데이트 신청은 했는데. 이제 어쩔 거야?"

"너는 계속 거기 서서 헛소리만 할 거야?"

씨익 웃으며 재미있어 죽겠다는 듯 슬슬 묻는 이안을 향해 헬리가 조용히 묻자 이안은 서둘러 고개를 저으며 얼른 와서 도왔다.

"아니, 그건 아닌데."

수하가 시작하고 헬리가 마무리한 뱀파이어는 이안의 어깨 위에 짐짝처럼 얹혀 축 늘어졌다.

인간을 공격하고 먹잇감으로 사냥하며 욕구조차 제어하지 못하는 짐승만도 못한 이 뱀파이어들은 헬리를 비롯한 형제들의 경멸과 혐오대상이자, 수상한 적이기도 했다.

저 뱀파이어들은 간혹 형제들의 주변을 탐문했다.

눈에 보이는 인간 세상의 평화를 위해서라도 쪽쪽 없앴지만, 또 나타났다. 그것도 수하를 아는 척하면서.

'결코 좋은 신호가 아니지.'

헬리의 눈이 가늘어졌다.

그보다 작지만 힘 하나는 어마어마한 이안은 성인 남성을 짊어지고도 눈 하나 깜짝하지 않고 궁금한 것을 물었다.

"진짜 그 여자애 계속 만날 거야?"

"'그 여자애'가 아니라 수하야."

"수하라, '공주님'보단 낫네."

헬리는 피식 웃는 이안을 쳐다보았다.

백 년이 넘게 꾼 꿈에 나타난, 수하와 똑같은 얼굴을 한 여자는 공주님이라고 정중하게 불렸다.

일곱 명의 형제가 공통된 여자가 등장하는 꿈을 꾸는 건 절대로 평범한 일이 아니었지만, 그 '공주님'에 대하여 가장 많은 꿈을 꾼 건 헬리였다.

이 꿈이 도대체 의미하는 바가 무엇인지 수도 없이 고민하고 서로 토론했지만 여태까지 아무런 단서도 없었다.

그런데 수하가 나타났다.

"너는 아무렇지도 않아?"

"호기심은 생기는데, 모르겠어. 난 좀 낯을 많이 가리는 편이라서."

이안은 고개를 갸우뚱댔다.

"뭐, 형이 하고 싶은 대로 해. 그런데……."

이안의 목소리가 낮아졌다.

"……만약에, 만약에, 형. 이 모든 게 함정이라면, 만들어진 환상을 우리가 계속 봐왔던 거라면……."

그게 꿈이 아니라 그들을 홀리기 위한 환상이라면.

"알고 있어."

헬리는 고개를 끄덕였다.

"무슨 말 하는지 알고 있어."

잘 알고 있지만 그는 내일 무조건 수하를 만날 거다.

🌙

여기 계셨습니까?

고개를 들어보니 새카만 제복을 입은 헬리가 서 있었다.

자꾸 말씀도 안 하시고 사라지시면 안 됩니다.

수하는 입을 삐죽였다. 금방 찾았으면서! 잔소리는!

말 안 해도 알아서 찾으러 오잖아.

그래도 위험합니다.

하긴 헬리가 제일 규칙을 중요하게 생각하고, 그녀에게 가장 가까이 붙어 있긴 했다. 어딜 가든 늘 그가 함께 있다. 수하는 그래도 주먹을 들어 보였다.

나 힘세.

그녀를 바라보던 연녹색 눈이 그만 휘어져버렸다. 그래. 그럴 줄 알았다. 수하는 그를 웃게 만드는 데 성공해서 아주 뿌듯해졌다.

예, 강하시지요.

그는 언제나 고개를 끄덕여준다.

그래도 저를 혼자 두고 가지는 마세요.

그리고 언제나 다가와서 한결같이 손을 내민다.

제가 많이 걱정합니다, 공주님.

삐리리릭, 알람이 요란하게 울렸다. 눈을 번쩍 뜬 수하는 천장을 멍하니 올려다보았다. 어느새 기숙사에는 아침이 찾아왔고, 오늘도 수업은 계속된다.

"······미친······."

공주님이래. 미쳤나 봐.

"미친······."

중얼거리던 수하는 눈을 질끈 감다가, 결국 엎드려서 베개를 퍽퍽 때렸다.

"미친!"

"아, 아침부터 왜 저래······."

건너편에서 잠이 덜 깬 알렉스가 중얼거렸으나, 수하는 주먹으로 베개를 때리는 것을 멈추지 않았다. 그녀의 귀와 목덜미가 새빨갰다.

"미쳤나 봐!"

"미친 거 알겠으니까 그만해!"

아침나절부터 여자기숙사 D동 308호는 아주 시끄러웠다.

☾

새 베개를 사자. 기왕이면 예쁘고, 또 주먹질 몇 번에 터지지 않을 만큼 튼튼한 걸로.

수하는 휴대폰으로 베개를 부지런히 찾아보면서 몇 번이고 머리를 세차게 흔들었다. 정신 차려야지.

공주님.

미친! 꿈에서 들었던 목소리가 다시 떠오르자마자 수하는 얼른 휴대폰을 내려놓았다. 하마터면 헬리 것으로도 모자라 그녀의 휴대폰까지 부서트릴 뻔했다.

'공주님이라니, 진짜 미쳤나 봐.'

이상한 꿈을 꾼 건 한두 번이 아니고 수하의 짧은 인생 내내 있었던 일이지만, 공주님이라고?

여태까지 꾸던 괴상한 꿈들 중에서 이런 꿈은 난생처음이었다.

　사람이 뱀파이어에게 물려 죽거나 그녀가 낯설거나 익숙한 거리들을 헤매는 꿈이야 지겹게 꾸었지만, 헬리가 등장해서 그녀를 공주님이라고 부르다니!

　평생 본 것 중에 최고로 잘생기고 매너 좋은 남자애와 우연히 마주쳤다기로서니, 그애가 공주님이라고 불러주는 꿈을 꾸다니!

　이건 백 프로 개꿈이다!

　공주님의 기역 자도 생각하지 않았던 수하는 다시 한번 자아를 성찰하는 중이었다.

　도대체 평소에 무슨 생각을 하고 살았길래 그 잘생긴 헬리와 귀신, 아니, 뱀파이어를 한 번 때려잡았기로서니 그런 꾸지도 않던 꿈을 꾸는 것인가? 그녀도 몰랐던 공주병이라도 있었던 걸까?

　'솔직히 뱀파이어와 마주치고 잡는 사람이라면, 딱히 같이 엮여서 좋을 게 없잖아.'

　평범하게 살아야 했다. 평범하게. 엄마를 봐서라도 평범하게.

　힘이 세도 아닌 척, 귀신 같은 게 보여도 못 본 척, 이상한 꿈을 연달아 꿔도 아닌 척. 최대한 조용히 사는 게 좋은 거다.

평범하게, 학교 유명인사와 엮이지 않고 밤에 기숙사를 몰래 나가는 게 최대의 일탈인 삶으로 돌아가자. 공주님이라고 불리는 꿈을 꾸다니, 이건 심해도 너무 심했다.

공주는 무슨, 그냥 힘이 약간 세서 문제인 고등학생일 뿐인데.

나 헬리야. 수업 끝나면 밖에서 기다리고 있을게.

휴대폰이 진동을 하길래 뭔가 싶어 조심스럽게 봤는데 꿈에 나온 바로 그 남자애, 헬리다.

어제 그녀의 휴대폰 번호를 가르쳐줬는데 그새 새 휴대폰을 샀나 보다. 밖에서 기다린다고?

'아, 안 돼! 뱀파이어가 튀어나오고 그런 꿈까지 꾼 이상 애랑 공개적으로 같이 있으면 안 돼!'

평범하게! 수하는 재빨리 휴대폰을 두드렸다.

아니야^^ 힘든데 뭐 하러 그래^^ 어디 앉아 있으면 내가 거기로 갈게^^!

이 정도면 예의 바르게 신경 써준 것처럼 보이겠지? 문장부호도 잘 챙겼고, 띄어쓰기도 이상 없다.

내가 기다리는 게 싫어? 혹시 화났어?

전혀 그렇게 보이지 않았나 보다. 아이씨, 웃는 얼굴 하나만 덜 쓸걸! 다시 보니 진짜 화난 것 같잖아!

아니. 전혀! 전혀 화나지 않았어! 나는 그냥 걱정되어서 그런 거야! 요즘 덥잖아ㅠㅠ

"이야……, 오늘 베개에 이어 휴대폰까지 부수겠다, 부수겠어."

와다다다 자판을 두드리자 옆에서 보고 있던 알렉스가 한마디 했다.

"누구랑 하는데 그래?"

"……있어, 그런 사람이."

곧 죽어도 드셀리스 아카데미의 나이트볼 주전, 유명한 걸로 유명한 헬리라고 절대 말 못 해.

특히 알렉스는 나이트볼은 다 꿰고 있고, 드셀리스 아카데미를 넘어 라이벌인 선샤인 시티 스쿨 주전들까지 다 꿰고 있는 전문가다. 절대 안 된다.

"누가 너한테 찌질거려? 들이대?"

"아니, 그런 건 아니고……."

그때 또 답장이 왔다.

요즘 날씨 화창하고 좋은데, 나는 괜찮아.

'아니, 내가 괜찮지 않다고……. 부담스럽다고…….'

으으, 이걸 어떻게 해야 하나, 하고 고민하던 수하는 결국 포기하기로 했다.

어차피 휴대폰을 부순 사람은 수하니까, 너무 의미를 부여할 것도 없다.

피해자가 직접 오고 싶다는데 그러라고 해야지, 뭐가 어때서? 그냥 해달라는 대로 해주고 끝내면 되는 거지. 그래! 의미 부여하지 말자! 꿈이 좀 이상하긴 했지만 개꿈이겠지!

여기까지만 생각하기로 한 수하는 수업이 끝나자마자 조금 초조한 표정으로 빠르게 강의실을 빠져나갔다.

드셀리스 아카데미 고등부는 도시 여기저기에 있는 건물에서 각각 따로 강의가 이루어지기 때문에, 건물 바깥으로 나가기만 하면 바로 시내나 광장이었다. 그러니까 보는 눈이 많았다.

"저거 헬리 아냐?"

"미친, 오늘도 빛이 나네……."

"사복 처음 보는 거 아냐?"

"사복 입은 헬리라고? 어디? 어디? 어디? 아, 어떡해……. 진짜 잘생겼어……."

그리고 그녀가 휴대폰을 부순 상대는 지나치게 눈길을 끌었다.

주변에 일제히 끙끙대며 앓는 소리가 들리기 시작했다. 가까이 다가갈 수는 없지만 너무나 완벽한 존재라, 다들 고개를 빼고 헬리를 바라보았다.

"다른 애들은 어디다 두고 혼자 있대?"

"어제 나이트볼 연습 갑자기 취소됐다며? 어디 아픈 줄 알았는데 아닌가 보네."

매일 나이트볼 주전들은 삼삼오오 몰려다니는 게 보통인데 혼자 있는 헬리라니. 수업이 끝난 학생들이며 지나가던 학생들이 죄다 호기심이 가득한 눈으로 그를 쳐다보았다.

'……진짜 피곤하겠다.'

쟤도 저렇게 눈길 끌 외모를 가지고 싶어서 태어났겠는가. 아, 물론 수하가 걱정할 일은 아니다. 그녀는 공주님이 아니지만 헬리는 드셀리스 아카데미의 왕자님으로 분류해도 이상하지 않으니까.

자, 그러니까 자연스럽게, 자연스럽게 가서 쟤를 끌고 얼른 튀면 된다!

……될까?

"너 왜 그렇게 걸어?"

알렉스가 이상하다는 듯이 쳐다보았다.

"내가, 왜?"

"엄청 뻣뻣해."

음. 자연스러운 건 글렀다. 그리고 그때 이쪽을 본 헬리가 근사하게 웃으며 손을 흔들었다.

"수하야."

완전히 글러 먹었다.

"미친⋯⋯."

알렉스가 신음 소리를 내며 두 손으로 입을 틀어막았다.

헬리가 저렇게 활짝 웃어? 손을 흔들어? 저거 진짜 못 보던 광경인데 가서 로또를 사야 하나? 그래, 엄마더러 사라고 해야겠다. 그런데 지금 누굴 부른 거지?

"야, 나 갈게."

수하가 부리나케 뛰어갔다. 일단 쟤를 데리고 얼른 빠져나가야 한다! 그 생각밖에 없었다.

"안⋯⋯."

그의 말이 끝나기도 전에 수하가 먼저 말했다.

"안녕! 바쁜데 얼른 갈까? 내가 휴대폰 보상해줘야지! 어떻게 받고 싶어?"

속사포처럼 이어지는 말에도 불구하고 헬리는 미동도 않은 채 수하만 물끄러미 보았다. 새카만 눈동자가 그녀에게 고정되었다.

왜, 왜 대답이 없지? 수하의 등에 식은땀이 흘렀다.

"⋯⋯배고프지 않아?"

"어?"

"나는 지금 좀 배고픈데."

어제는 나이트볼 연습 때문에 운동복 차림이었으나, 오늘은 사복 차림인 헬리가 수하에게로 비스듬히 몸을 기울였다.

"아이스크림 먹으러 가자."

"뭐? 갑자기 왜?"

"왜긴. 내가 그렇고 싶으니까."

그러니까, 지 마음이란다. 수하는 문득 전학 온 지 얼마 되지 않아 알렉스가 나이트볼 주전들에 대해 떠들던 말을 떠올렸다.

'헬리는 신사야. 완전 매너 좋고, 다정하고 상냥한 걸로 유명해.'

······아닌 것 같은데.

"가자."

따라가지 않자니 그건 기물 파손하고 뺑소니친 사람이 되는 거고, 따라가자니 꽂히는 시선들이 무척 부담스럽다.

아, 진짜, 평범하게 지내고 싶었는데! 수하는 울며 겨자 먹기로 헬리의 뒤를 따라갈 수밖에 없었다.

뻔뻔한 범죄자는 될 수 없다. 다리도 긴 애라 따라가려면 뛰어가야 하나?

"아이스크림 좋아해?"

그건 아니었다. 헬리는 어느새 보폭을 수하와 맞춰 나란히 걸어가고 있었다.

"어? 어."

사실 수하는 모든 음식에 진심이었다.

"다행이네."

헬리는 또 웃었다.

'쟨 왜 저렇게 웃어?'

괜히 꿈 생각이 나서 수하는 얼른 시선을 돌렸다. 일단 화제를 전환해야 그녀가 제정신을 유지할 수 있을 것 같다.

"저기, 어제 그 뱀파이어는……, 잘 처리했어?"

"응. 그런데 사람이 아닌 걸 보고도 잘 안 놀라네. 뱀파이어인지도 몰랐으면서."

헬리의 지적에 수하는 말문이 막혔다. 아, 이 말은 괜히 꺼냈다.

"……그런 건 예전에도 본 적 있어."

"예전에도 본 적이 있다고?"

순식간에 헬리의 표정이 굳었다.

평범한 사람이, 사람의 피를 갈망하는 하급 뱀파이어를 두 번이나 봤다고?

제 3 화

전학생은 평범하고 싶다
part 3

수하는 순식간에 얼굴이 굳은 헬리가 낯설었다.

낯설 수밖에 없었다. 어제 처음 본 사람이니까.

'귀신을 보냐'라는 질문은 수하에겐 아주 예민한 문제였다.

그녀의 눈에는 실제로 분명하게 보이는 존재지만, 남들의 눈에는 보이지 않으니 수하만 이상한 사람이 되기 쉬웠다.

여태까지는 아슬아슬하게 줄을 타며 봐도 못 본 척, 무심하게 지나갔다. 여태까지 '그런 존재'를 보는 사람은 수하 한 명뿐이었으니까.

"만나서……, 다치진 않았어?"

하지만 이제 한 사람이 더 늘어났다. 어제 처음 봤는데도 너무나 걱정 가득한 눈으로 불안하게 묻는 사람.

수하는 이해할 수가 없어서 헬리를 쳐다보았다.

"괜찮아. 아무 일도 없었는걸."

헬리는 대낮에 새하얗게 질린 얼굴로 수하를 바라보다 마른세수를 했다.

"……그래. ……아무 일 없었다니 정말 다행이다."

그는 더 이상 캐묻지 않았고, 그녀는 안도했다.

뱀파이어였다니. 더 알고 싶지도 않았다. 그런 건 '평범'하지 않다.

"……이미 알겠지만, 리버필드에는 뱀파이어가 있어."

헬리는 중얼거리다 말고 눈을 가느다랗게 떴다. 그의 시선은 더 이상 수하를 보고 있지 않았다.

"뱀파이어가 있다면, 뱀파이어와 상극인 존재들도 당연히 있고."

"뭐, 설마 늑대인간?"

헬리는 수하에게로 고개를 돌렸다. 그는 눈을 크게 뜨고 웃었다.

"정답이야."

저게 지금 농담인가, 진담인가. 수하는 헷갈렸다.

"미안해. 잠시만 실례할게. 여기서 잠시만 기다려줄래?"

아주 정중하게 양해를 구한 헬리는 긴 다리를 성큼성큼 내

디뎌서 걸어가더니, 느닷없이 남학생 셋이 모여 있는 곳에 끼어들었다.

"왜 그래, 이안?"

헬리가 누군가를 노려보고 있는 다부진 체격의 이안을 감싸며 막았다.

키가 약간 작은 이안은 자신보다 훨씬 커다랗고, 약간 긴 머리를 뒤로 묶은 남자와 서로 노려보며 팽팽하게 긴장감을 형성하고 있었다.

수하의 눈이 커졌다.

'저거 선샤인 시티 스쿨 교복인데? 이안이라면 우리 학교 애고, 쟤가 지금 선샤인 시티 스쿨이랑 싸우는 거야?'

본래 나이트볼 리그에서도 팽팽한 라이벌인 두 학교라, 리버필드 시 광장에서 주전들끼리 마주치면 분위기가 상당히 험악하다는 소리는 수하도 얼핏 들었다.

아니나 달라, 헬리가 이안을 제지하는 것과 똑같이 선샤인 시티 스쿨 교복을 입은 키가 어마어마하게 큰 남자애도 잿빛 머리카락의 같은 교복을 입은 남자애가 제지하고 있었다.

"헬리."

잿빛 머리카락 남자가 헬리에게 일단 아는 척 겸 인사는 했다.

"칸."

헬리 역시 고개를 끄덕였다.

둘 다 우호적인 분위기는 아니다. 칸은 헬리에게서 금빛 시선을 돌려 그가 제지하고 있던 밝은 머리카락의 남자애에게 조용히 말했다.

"나자크, 안 돼. 지금은 대낮이고 보는 눈도 너무 많아."

하지만 나자크는 굳이 칸의 말을 듣고 싶은 표정이 아니었다.

"그래, 대낮에 보이지 말아야 할 놈들이 왜 굳이 기어 나와?"

"그렇게 말하는 너는 뭐 밤에는 처박혀 있냐?"

곧장 받아치는 이안의 표정을 보아하니 신경전을 벌인 게 제법 된 모양이다.

헬리는 조용히 이안을 쳐다보았다.

그만해.

이안만 들을 수 있는 헬리의 말이 끝나기도 전에 칸 역시 나자크를 꾹 누르며 다시 한번 말했다.

"나자크, 안 돼."

이미 지나가던 행인들마저 여기에서 패싸움이라도 벌어지나 싶어 웅성대며 이쪽을 보고 있던 참이다.

칸은 사람들과, 헬리와 같이 왔던 여자애가 놀란 눈을 하고 이쪽을 보는 것을 살피며 나자크를 붙잡은 손에 힘을 주었다.

"지금은 아니야. 가자."

나자크는 목에 힘줄을 세우고 자신을 노려보고 있는 이안을 똑같이 맞받아주다가 결국 칸에게 질질 끌려가다시피 했다.

이안 역시 헬리가 연신 토닥이며 당기는 손에 끌려 돌아서야 했다.

둘씩 붙어선 남학생들이 점점 거리를 벌리며 멀어졌다.

터지진 않았으나 사과도 없다. 결국 다음에 또 만나면 또 이런 식으로 붙을 거라는 뜻이었다.

"어떻게 된 거야?"

"어떻게 되긴, 뻔하지. 지나가다가 마주치면 늘 똑같잖아. 우리나 저쪽이나 서로 냄새부터 끔찍한데, 쟤넨 우리한테 쓸데없이 피해망상까지 가지고 있다고."

이안이 아주 낮은 목소리로 헬리에게 속사포처럼 쏟아냈다.

"이안."

헬리가 그의 이름을 불렀으나 이안은 말을 멈추지 않았다.

"우리가 지들을 공격하기라도 했어? 하여튼 늑대들은 그냥 뱀파이어들이랑 우리랑 전혀 다르다는 걸 알지도 못⋯⋯."

그리고 이안의 호박색 눈과 수하의 까만 눈이 허공에서 마주쳤다.

"아."

그 즉시 이안은 입을 딱 다물었으나, 이미 해버린 말은 회수할 수가 없었다.

"⋯⋯형 혼자 있는 게 아니었구나⋯⋯."

하하하, 어색한 웃음을 흘리는 이안의 뒤에서 헬리는 눈을 질끈 감았다.

"아, 안녕하세요. 그럼 난 이만⋯⋯."

얼른 인사만 한 이안은 그대로 내뺐고, 삽시간에 다시 헬리와 수하, 그리고 어색함만이 남았다.

수하는 헬리가 한숨을 쉬려다 얼굴을 쓸어내리는 모습을 눈을 동그랗게 뜨고 바라보았다.

"⋯⋯그게, 그러니까 말이지⋯⋯."

한밤중에 끔찍한 습격자를 간단하게 처리하고도 표정 변화가 거의 없던 헬리가 눈에 띄게 당황하고 있었다.

방금 이안이 거칠게 뱉어내던 말을 다시 한번 생각해보던 수하는, 희게 질린 헬리를 보곤 생각을 멈췄다.

"……아이스크림 무슨 맛 좋아해?"

이번에는 그녀가 물어보았다.

⌒

헬리는 무척 곤혹스러워하면서도 섣불리 거짓말을 하거나, 숨기려들지는 않았다.

"들은 그대로야. 단지 더 늦게 이야기했으면 좋았을 뿐이지만."

"그럼 진짜 선샤인 시티 스쿨 애들이 늑대라는 거야?"

아이스크림을 먹던 수하가 주변을 살피면서 나지막하게 물었다. 헬리는 눈을 질끈 감고 싶었다.

"나이트볼 주전 일곱만."

"그럼 우리 학교 주전 일곱은, 음……."

그 '우리 학교 주전 일곱'에 포함되는 헬리는 말없이 수하에게 종이냅킨만 밀어주었다.

그녀는 어젯밤에 보았던 차갑고 이가 날카로워 보이던 습격자를 떠올렸다. 아니, 습격자가 아니라 뱀파이어지.

어제 수하가 겪은 건 선명한 현실이었다. 잊고 싶고 자꾸만 멀어지고 싶었지만 결국 그녀를 따라온 현실.

"……저기, 나는 혼란스러워서……."

"이해해."

헬리는 얼른 고개를 끄덕였다.

"다 믿어달라는 것도 아니고, 알아달라는 것도 아니야. 궁금한 게 있다면 얼마든지 대답할 수 있지만."

이런 식으로 급작스럽게 정체에 대해 말하게 될 줄은 몰랐다.

헬리는 이걸 어떻게 설명해야 하나 난감해 죽을 지경이었다. 수하는 지금 무척 경계하는 표정으로 그를 쳐다보고 있었다.

"……어릴 때부터 뭔가 다르다고 생각하지 않았어?"

늘 그렇게 생각했다. 그렇게 생각하면서도 그렇게 생각해선 안 됐다.

"나는 다른 게 싫어."

수하는 아이스크림 스푼으로 아이스크림을 괴롭히다가 고개를 숙였다.

"……너희는 어떤지 몰라도, 나는 아니었어. 평범해야지 돋보이지 않고, 최소한 조용히는 살아갈 수 있어."

힘이 어마어마하게 세도 아닌 척, 운동신경이 예사롭지 않다 못해 사람 수준이 아니면 더더욱 아닌 척, 이상한 존재들이 손을 뻗는 걸 봐도 못 본 척 달아나고 입을 다물어야 했다.

"평범하지 않은 건 이상한 거야. 나는 그래."

그녀는 그쯤에서 스푼을 내려놓았다. 어젯밤, 혼란스러운 상황에서도 이상하게 헬리가 하는 말은 아주 선명하게 들렸다. 그렇게 들릴 리가 없는데. 어떻게 된 거고, 선샤인 시티 스쿨 주전들은 왜……?

'아니, 아니야.'

그만 궁금해하자. 수하는 고개를 흔들고 마른침을 꿀꺽 삼켰다. 그러곤 헬리의 시선을 외면했다.

어쩌면 저 걱정 가득한 눈빛을 붙잡으면 새로운 세계가 열릴지도 모른다. 하지만 수하는 평범한 것이 좋다고, 좋아야만 한다고 배웠다. 그러니 붙잡지 않을 거다.

"그러니까 더 이상은 아무것도 알고 싶지 않아. 네가 무슨 생각으로 나한테 이러는지 모르겠지만, 더 알고 싶지 않아."

수하는 입술을 말았다.

"계좌번호랑 내가 부순 휴대폰 가격 보내줘. 시간은 좀 걸릴지 몰라도 내가 꼭 변상할게."

이쯤이면 되었을까. 헬리도 충분히 납득하고 더 이상 당황하지 않겠지? 아니, 잘 모르겠다. 수하는 엉거주춤 일어나서 후다닥 돌아섰다.

"수하야."

쟤는 왜 사람 이름을 저렇게 부드럽고 자상하게 부르는 걸까. 그녀는 뒤를 돌아보았다.

"평범하지 않다 해서 이상한 건 아니야."

모든 게 완벽한 너는 그렇겠지. 심술궂은 대답이 툭 튀어나오려고 해서 수하는 그냥 입을 다물었다.

"그건 특별한 거야. 축복이고."

축복까지야. 그렇게 거창할 필요가 있을까.

하긴 수하에게 거창한 저주이긴 했다. 괴상하고 있어선 안 될 것을 보는 시선들이 얼마나 무서운지 아는 건 저주다.

수하에겐 체육 시간에 짝을 지어주고 조 모임에 기꺼이 끼워주고 함께 밥을 먹을 친구들이 너무나 필요했다. 그게 제일 중요했다.

그러니까 그러지 못하게 되는 건 축복이 아니라 저주다. 한

번도 축복인 적이 없었다.

"너는 특별해. 그래서 내가 널 찾은 거야."

'특별한 건 너잖아.'

마주하는 것만으로도 헬리는 반짝반짝 빛난다. 그래서 사람들은 그 빛을 본능적으로 알아보고 따르나 보다. 수하는 그 빛에 오히려 시커멓게 보일 뿐이다.

"……휴대폰 가격 꼭 알려줘."

그녀는 그렇게만 말하고 빛으로부터 도망치듯 떠났다.

잠이 오지 않았다. 등에 닿는 시트 감촉이 약간 불편했다. 옆으로 누워 보면 이번에는 눌리는 팔과 다리가 불편하다.

뱀파이어, 늑대인간, 사실 지금은 들었으나 전혀 믿기지 않는 단어들이 머릿속에 가득했다.

수하는 억지로 눈을 감고 잠을 청했다.

'너는 특별해.'

그런 현실감 없는 말은 그녀의 몫이 아니다. 다시 떠올려봐도 여전히 그녀의 어떤 부분도 반응하지 않았다.

하지만 뒤의 얘기는 다르다.

'그래서 내가 널 찾은 거야.'

두 문장이 붙으면, 비로소 그녀가 특별하다는 게 꼭 사실인 것 같은 기분이 들었다.

자꾸 확인하고 곱씹느라 잠이 오지 않는다.

하지만 그 부드러운 목소리를, 화 한번 내지 않고 수하를 처음부터 끝까지 배려하는 목소리를 계속 되감아 재생하다 보면 기분이 몽글몽글해졌다.

초콜릿을 처음 맛본 아이처럼, 안 된다는 거 아는데 자꾸만 또 듣고 싶어졌다. 한 번만 더.

'특별해서, 널 찾은 거야.'

바다를 끼고 있는 리버필드 시의 밤은 빛이 아주 강한 만큼 어둠도 짙다.

수하는 멍하니 그 짙은 어둠 속을 바라보았다.

어느새 헬리의 목소리는 사라지고, 그녀는 또다시 늘 꾸던 이상한 꿈을 꾼다. 길을 헤매고 다니다 밤에만 움직이는 종족을 마주한다.

이젠 그들이 뱀파이어라는 걸 안다. 그리고 그녀가 꿈속에서 헤매고 있는 이 거리는 늘 그랬듯이 실제로 존재하는 곳이

리라.

'특별해.'

실제로 존재하는 곳에서 실제로 밤사이에 일어나는 사건을 종종 꿈꾸는 건 이상한 게 아니라 특별한 걸까?

수하는 멍하니 그녀의 뒤로 흘러가는 밤거리를 그저 바라만 보았다.

이젠 이렇게 꿈속에서 헤매는 것도 익숙해서 가만히 있다 보면 깼다. 가끔 봐선 안 될 것을 보기 때문에 문제이긴 했지만.

'오늘 볼 건 이상하거나 무섭지 않았으면 좋겠어.'

늘 바라는 건 그것뿐이었다.

마침내 빠르게 움직이고 있던 주변이 점점 느려졌다. 어둑한 해변에 사람 몇이 서 있었다.

'또⋯⋯?'

또 뱀파이어인가? 아니, 아니다. 키가 큰 인영이 서넛 모여 있었다.

그들이 보고 있는 모래사장에는 또 뭔가, 사람인지 뱀파이어인지 모를 것이 쓰러져 있었다. 마치 시신 같았다.

또 사람이 죽는 꿈인가. 좀 더 거리를 좁히자 아는 얼굴이 보였다.

'아, 또.'

또 헬리다. 그는 바닷바람을 맞으며 까만 머리카락을 쓸어 올리고 있었다.

수하는 멍하니 그 애의 하얀 얼굴을 바라보았다.

"······또 죽었을지도 몰라."

"이거 어쩌지?"

걱정 섞인 목소리들이 희미하게 웅얼거렸지만, 수하는 신경 쓰지 않고 헬리만 바라보았다. 그의 깎아놓은 듯한 옆모습을 물끄러미 바라보았다. 어차피 꿈이니 훔쳐봐도 괜찮겠지.

'정말로 너는 내가 특별하다고 생각해?'

다시 한번만 말해줬으면 좋겠다. 괜히 또 듣고 싶었다.

"안개가 심하네."

누군가 중얼거렸다.

헬리는 빽빽한 안개를 찾는 듯, 고개를 돌리다가 수하를 보았다.

아니, 수하를 보는 게 아닐 거다. 이건 꿈이고, 꿈에서 그녀를 발견한 사람은 아무도 없었다.

"안개가 심한 게 아니야."

그의 목소리가 아주 분명하게 들렸다. 낮에 들었듯 다정하고 평온한 목소리.

그의 깊은 눈이 정확하게 수하와 마주쳤다. 커다란 손이 뻗어 와서 그녀의 양손을 잡았다.

순식간에 수하는 꿈에서 꺼내졌다.

"내가 특별하다고 했잖아."

그래서 찾았다.

그녀를 안개 속에서 꺼낸 헬리가 웃고 있었다.

→ 제4화 ←

전학생은 평범하고 싶다
part 4

수하는 순식간에 떨어졌다.

"어어?"

"어!"

그녀뿐만이 아니라 옹기종기 모여 있던 남자애들도 놀랐다.

안개가 자욱한 허공에 갑자기 나타난 수하는 그대로 헬리의 손을 잡고 휙 떨어졌다.

물론 헬리가 바로 간단히, 그리고 단단히 받아냈다. 그녀를 안는 탄탄한 팔과 훅 들어온 넓은 어깨의 촉감이 생생했다.

헬리가 입고 있는 셔츠와 카디건의 감촉이 그녀를 휘감았다. 부드럽고 좋은 냄새가 난다.

"괜찮아?"

수하는 숨을 몰아쉬며 주변을 당황한 눈으로 둘러보았다.

그녀는 분명히 기숙사에서 자고 있었다. 분명히 그랬는데, 얼굴에는 습한 바닷바람이 부딪쳐오고 머리카락이 요란하게 나부꼈다.

그녀는 리버필드 시 외곽의 해변에 있었다.

"어……."

"수하야?"

그녀를 아직까지도 꼭 안고 있는 헬리가 하얗게 질린 수하를 불렀다.

"어, 어? 어?"

정신을 차리고 보니 꿈에서 봤던 헬리가 그녀를 안고 있다.

안았다고? 화들짝 놀란 수하가 어쩔 줄을 모르고 바둥댔지만 그는 그녀를 더 힘주어 고정하며 일행에게서 떨어져서 걸어가기 시작했다.

"아냐, 괜찮아. 가만히 있어. 괜찮아. 움직이면 더 위험해."

헬리는 할 말은 많지만 재미있으니까 일단 하지 않겠다는 표정인 이안에게 눈짓을 해 보이며 모래사장을 걷기 시작했다.

아무래도 수하가 춥겠다. 그는 한 팔로 수하를 안은 채 걸치고 있던 카디건을 벗기 시작했다. 그녀가 입고 있던 노란색 파자마 바지가 보인다. 귀엽다.

"나 붙잡아."

"내, 내려줘."

"맨발이잖아. 안 돼."

수하는 잘 때 차림 그대로였다. 혼란스러운 눈이 주변을 자꾸만 살피고, 어쩔 줄을 몰라서 완전히 몸이 굳어버렸다.

어떻게 기숙사에서 잠들어놓고 해변에서 깨어난 거지? 꿈에서 이곳으로 왔는데, 그럼 꿈이 아니라 현실인가? 몽유병에 걸린 거야?

"나, 나는 왜……, 왜 여기에 있는지 모르겠어……."

"그렇구나. 기억은 나?"

"꿈을……, 내가 진짜 꿈을 꾸는 줄 알았거든?"

그때쯤 카디건을 다 벗은 헬리는 수하의 어깨에 그것을 걸치고 그녀를 고쳐 안았다.

수하는 저 멀리 아래에서 그녀를 스쳐 강처럼 흘러가는 모래사장을 바라보았다.

"응. 괜찮아. 그럴 수 있어."

"알아?"

이게 뭔지 안다고? 이게 어떻게 된 건지 안다고?

수하는 여전히 충격에 빠진 눈으로 헬리를 쳐다보았다. 그가 담담히 고개를 끄덕였다.

"응. 알아."

"······몽유병에 대해 잘 알아······?"

순식간에 수하가 조그마한 목소리로 묻자 헬리는 우뚝 서더니 그녀를 똑바로 쳐다보았다.

"몽유병이라니, 수하야. 나 똑바로 봐."

왜 그러는 건가. 머릿속을 정리를 해보려고 해도 정리가 안 되는 수하는 헬리를 간신히 바라보았다.

"몽유병이 아니야."

그는 웃음을 억지로 참으며 고개를 흔들고 있었다.

아주 가까이에서 그녀를 보며 분명하게 아니라고 말했다. 어두운 밤에도 오묘한 눈 색깔이 선명하게 보일 만큼, 그렇게 가까웠다.

"몽유병이었으면 맨발로 다니다가 다쳤을 거고, 애초에 사감 선생님한테 걸려서 여기까지 오지도 못했을 거야. 수하야, 어디 아프거나 잘못된 게 아니야."

정말 수하의 발은 아주 깨끗했다. 아주 어릴 때부터 어딘가를 헤매는 꿈을 꿔왔으니, 정말 몽유병이었다면 부모님이 알아차리셨겠지. 그럼 이게 어떻게 된 거지?

"여기까지 온 게 꿈인 줄 알았구나. 나는 안개 속에 네가 있는 걸 봤어."

"안개?"

"응, 안개."

헬리는 고개를 끄덕이며 카디건을 더 끌어 올려 수하의 머리를 덮어버렸다.

혹시나 보는 눈이 있을지도 모른다. 물론 이안을 비롯한 그의 형제들이 저기 있는 시체를 둘러싸고 있는 것만 봐도 이곳은 인적이 드문 곳이라는 뜻이지만, 수하가 많이 불안해하고 있으니까.

"일단 자리를 옮기는 게 좋겠어. 여긴 추워."

☾

수하는 눈이 빨개진 채 훌쩍거리며 헬리가 주는 커다란 컵을 받았다.

"마셔. 따뜻한 초콜릿이야."

단 걸 좋아하는 막내들 때문에 수하에게 줄 게 있어서 다행이다.

헬리는 수하의 어깨에 두른 담요를 더 잘 덮어주며 방 입구 쪽을 쳐다보았다.

쏙 나왔던 머리 세 개가 얼른 사라졌다. 나머지 셋은 그 뒤에 있겠지. 특히 이안이 그 뒤에서 여태까지 봤던 걸 말하고 있을 거다.

너네 다 들어가 있어.

조용히 수하가 들리지 않게 여섯에게만 말을 전하니 시온이 웃음 섞인 생각을 전했다.

나중에 얘기해줄 거지, 그치, 형?
아니. 들어가.
아, 왜! 남의 연애 얘기가 제일 재미있다는데!
그러니까 안 돼. 이안, 쟤 좀 끌고 가.

곧장 이안이 시온을 들쳐 메고 가는지 바깥에서 약간 소음이 들렸지만, 수하는 그런 것에 귀를 기울일 정신도 없었다.
"고마워……."

그녀는 김이 올라오는 컵을 내려다보며 중얼거렸다.

"나야말로. 그리고 갑자기 이런 곳에 데리고 와서 미안해. 당황스러웠을 텐데 달리 갈 곳이 없었어."

수하는 아주 널찍하고 깔끔한 거실을 둘러보았다.

온통 하얗게 칠해진 이곳은 나이트볼 주전들이 사는 곳으로, 넓다 못해 광활한지라 덩치 큰 나이트볼 주전 일곱이 어슬렁거려도 전혀 답답하지 않을 것 같다.

헬리는 그녀를 남자애들이 사는 곳에 불쑥 데리고 온 게 못내 미안한 눈치였다.

"저기."

수하가 조그만 목소리로 부르자 헬리는 얼른 고개를 끄덕였다.

"응."

"내가 안개였다고 했잖아."

그는 또 고개를 끄덕였다. 여전히 시선은 그녀에게 붙박여서 떠날 줄 모른다.

수하는 조금 더 용기를 얻었다.

"그런데 내가 안개인 걸 어떻게 알았어?"

사람이 안개가 된다는 건 말이 안 되지만, 여태까지 꾸었던 꿈이 사실은 그녀가 안개인 채로 돌아다니면서 보았던 실제라면 그건 좀 말이 되는 것 같다.

수하는 남들에겐 절대 묻지 못할 말을 조심스럽게 헬리에게 물었다.

"……난 알아."

잠깐 고민하더니 툭 던지는 말이 나긋나긋했다.

"보면 알고, 느낄 수도 있었고."

"감이야?"

"그 비슷하지."

"그런데 왜 다른 사람들은……."

수하는 꿈인지 현실인지 모를 경계에서 보고 들었던 것을 열심히 떠올렸다.

"왜 아무도 날 알아보지 못했지?"

그녀의 어깨가 더 움츠러들고, 눈썹이 서럽게 모였다.

스스로가 평범한 걸 완전히 넘어섰다는 걸 아는 순간, 불안하고 무섭다. 수하는 도대체 자신이 누구인지조차 몰라서 더 두려웠다.

"보통 사람들은 지나가는 안개에는 관심이 없지."

"보통 사람이 어떻게 안개가 될 수 있어?"

"보통이 아니니까."

헬리는 약간 웃었다. 그건 농담을 하는 게 아니라 그녀에게 다시 한번 확신을 주는 미소였다.

'너는 특별해.'

하지만 수하는 아직까지도 믿기가 힘들었다. 잠이 덜 깬 것 같고, 얼떨떨하기만 했다.

"⋯⋯헬리 너도 이런 거 할 줄 알아? 막 안개로 바뀌고⋯⋯."

조심스러운 질문에 헬리는 고개를 끄덕였다.

능력은 각자 다 달라. 난 안개로 바뀔 수는 없어.

"어⋯⋯!"

갑자기 머릿속에서 들리는 부드러운 목소리에 수하의 눈이 커졌다. 하마터면 들고 있던 머그를 놓칠 뻔했다.

눈앞에서 헬리는 입을 다문 채로 부드럽게 미소를 지으며 머그를 대신 잡아주었다.

놀랐구나. 미안해. 하지만 나는 안개로 변하는 사람은 처음 봐. 대단한 능력이야.

어쩌면, 어쩌면 말이다. 처음으로 그녀가 혼자서 이상한 사람이 아닌지도 모른다는 생각이 들었다. 혼자가 아니었던 거다.

일그러졌던 눈썹이 결국 완전히 모이고, 빨갛던 눈에서 눈물이 쏟아지는 순간, 헬리는 천천히 수하의 손에서 머그를 뺀 뒤 조심스럽게 어깨를 토닥여주기 시작했다.

"나, 나는 나 혼자 이상한 줄 알고……!"

"아니야, 이상한 게 아니야. 그렇게 따지면 이 집에 사는 애들 다 이상해."

헬리는 수하가 엉엉 울어도 당황하지 않고 조곤조곤 말하며 달랬다.

"나도 신체 능력부터 보통 사람이랑 다르니까 이상한 거고, 말을 하지 않아도 생각만으로 소통하고 읽어낼 수 있으니까 이상한 거. 어제 본 이안 알지? 걔는 차도 들어 올려."

헬리를 쳐다보는 눈에서 눈물이 뚝뚝 떨어져 굴러 내렸다.

"차……?"

"응. 버스 같은 거."

"나, 나는 트럭 밀 줄 알아."

히끅, 히끅, 수하는 딸꾹질을 하며 솔직하게 고백했다.

"근데 트럭은 들어?"

"아니……. 그건 좀 노력을 해봐야 하겠는데……."

"그럼 이안이 더 이상한 거네. 걔 아무렇지도 않게 버스도 들고 트럭도 들거든."

헬리는 웃으면서도 조심스럽게 손을 뻗어 주륵주륵 흘러내리는 눈물을 닦아냈다.

"살아 숨 쉬는 라이터도 있어."

아, 라이터 아니라고!

당장 형제 중 하나가 그에게 짜증을 내며 항의하는 게 읽혔지만, 헬리는 싹 무시했다.

"걔가 손만 대면 바로 불이 확 올라와."

손 안 대도 할 수 있거든!

"그것도 이상하지?"

다정한 말에 수하는 쉽게 대답할 수 없었다.

"하긴 만난 지 얼마 안 되는 사람한테 이런 이야기를 하는 내가 제일 이상한 건지도 모르겠지만."

그는 조용히 티슈 상자를 내밀었다.

"어쨌든, 함께 고민할 수는 있어."

혼자 이상한 게 아니라 함께.

그 말을 듣자마자 수하의 울음소리가 다시 높아졌지만 헬리는 당황하지 않고 그녀의 곁을 떠나지 않았다.

감정까지 읽어내는 능력이란 이런 때 도움이 된다.

켜켜이 쌓인 외로움과 슬픔, 두려움과 상처가 고스란히 느껴졌기에 그는 묵묵히 그녀의 곁에 있었다.

'혼자 참기만 했구나.'

안쓰럽다. 그에게는 형제들이라도 있었지만, 아무도 없었던 수하는 여태까지 자신이 비정상인 줄 알고 살아왔으니 얼마나 괴로웠을까.

그는 어두운 창밖을 바라보았다. 해가 뜨려면 아직 한참 멀었다. 다행이다.

겨우 울음을 그친 수하는 헬리가 내미는 물을 받아들며 코
맹맹이 소리로 말했다.

"고마워……."

"천만에."

물을 꼴깍꼴깍 마시면서 힐끔힐끔 보는 시선에 그가 웃었
다.

"궁금한 게 있으면 얼마든지 물어봐."

그 말에 수하가 살짝 입을 벌렸다.

"부순 휴대폰 가격은 빼고."

순식간에 그녀의 눈이 동그래지자 헬리는 웃음을 깨물었다.

"어떻게 알았어? 그것도 능력이야?"

"미안해. 평소에는 남의 생각을 함부로 읽는 편이 아닌데,
지금 내가 너한테 너무 집중해서 저절로 읽혔어. 미안해."

헬리는 몹시 미안하다는 얼굴로 여러 번 사과했다.

그녀에게 '너무' 집중했다니. 수하는 안 그래도 그의 앞에서
엉망으로 울어서 민망했던 참에 그런 말까지 들으니 얼굴이
빨개지고 말았다.

"앞으로는 절대 안 그렇게. 하지만 휴대폰은 정말 괜찮아."

"왜? 그거 말고 다른 걸로 받아낼 거니까?"

"응."

헬리는 태연하게 고개를 끄덕였다.

"……어떻게 부정도 안 하니……?"

"그건 진심이니까. 또 궁금한 거 있어?"

"……아까 왜 해변에 있었던 거야?"

그리고 왜 수하는 해변으로 가게 된 걸까? 무언가가 그녀를 불렀던 걸까?

꿈이었다는 게 사실은 안개로 변해 돌아다니며 본 현실이니, 수하는 점점 궁금해지는 게 많았다. 동시에 알고 싶지 않은 것도 많아졌다.

"아, 다 봤겠네."

헬리는 소파 팔걸이를 톡톡 두드렸다.

"널 공격했던 뱀파이어와 같은 부류가 또 나타나서 그 근처를 배회하고 있었어. 안 그래도 어제 네가 습격당했으니 한번 돌아봤는데, 있더라고."

그럼 나이트볼 주전 애들이 보고 있던 건 설마 그 뱀파이어의 시체인가?

수하가 열심히 생각하는데 헬리는 서둘러 이 화제를 넘겼다. 아무래도 놀란 수하에겐 적절하지 않다고 생각한 모양이다.

"그건 네가 신경 쓰지 않도록 할게. 걱정하지 말고."

잠시 두 사람 사이에 침묵이 맴돌았다. 수하는 문득 시계를 보다가 퍼뜩 정신을 차렸다.

"어……, 그런데 나 기숙사로 돌아가야 하는데……?"

"안개로 다시 변할 수 있겠어?"

그녀는 잠시 눈을 깜빡거렸다. 안개로 변하라고? 어떻게 변하는데?

"……다시 자면 되지 않을까?"

조심스럽게 묻자 헬리는 대답 대신 수하를 빤히 바라보았다.

"……응, 사실 자신 없어……. 꿈이라서 내 마음대로 안 된단 말이야."

"꿈이 아닌 건 이제 알았으니까 지금부터 연습하면 되겠네."

"연습하라고?"

"응. 나랑."

분명히 어제 오후에는 헬리와 다시는 엮이지 않겠다고 단호하게 잘랐는데 말이다.

수하는 빙긋 웃는 헬리를 멍하니 쳐다보았다.

세상일은 마음먹은 대로 되지 않는다. 그리고 때로는 마음먹은 대로 되지 않는 쪽이 더 기분 좋을 수도 있다.

제5화

전학생은 평범하고 싶다
part 5

몹시 지루했다. 수하는 입술을 모으고 다리를 괜히 흔들었다. 얌전히 앉아 있는 것도 사실 힘든 일이다.

'솔론이나 지노한테 몰래 같이 나가자고 해볼까? 걔들이라면 분명히 좋다고 할 텐데.'

슬쩍 빠져나가는 데는 다들 일가견이 있고, 어쨌든 호위를 둘씩이나 붙여서 가는 거니까 괜찮지 않을까? 그녀는 그렇게 생각하다가 곁에서 조용히 서류를 들여다보고 있는 헬리를 힐끔거렸다.

'사실은 헬리랑 나가는 게 제일 재미있을 것 같은데.'

그런데 절대 같이 나가주지 않겠지!

안 됩니다.

저 봐. 저럴 줄 알았다. 수하는 이쪽은 쳐다보지도 않고 말하는 헬리를 뾰로통하게 쳐다보며 물었다.

경은 내가 무슨 생각을 하는지 안 보고도 알 수 있어서 참 좋겠다?
공주님이 매일 몰래 나가서 여기저기 쏘다니실 생각만 안 하시면 될⋯⋯.

중얼거리던 그가 말을 하다 말고 고개를 들었다. 그러곤 수하를 당황하며 바라보았다.

그런 거 아닙니다.

헬리는 당황해서 자리에서 일어났다. 덜컹거리는 소리와 함께 의자가 책상에 부딪쳤는지, 가지런하게 쌓아뒀던 서류며 책들이 후드득 쏟아졌지만 그는 그런 건 눈에 보이지도 않는지 서둘러 수하에게로 다가왔다.

저는 공주님 생각을 함부로 읽지 않습니다. 절대 그러지 않습니다.

생각, 감정을 읽어내는 능력을 가진 이는 새파랗게 질려 고개를 흔들었다. 다른 사람은 몰라도 수하에게는 그런 무뢰한 취급을 받는 게 죽기보다 싫다는 듯, 몸을 낮춰 그녀와 눈을 마주치며 절박하게 고개를 흔들었다.

공주님 표정을 보고 추측하는 것뿐이지, 공주님 생각을 읽는 무례한 짓은 절대 하지 않습니다.
응, 알아.

얼마나 절박하게 말하는지, 되려 놀란 수하가 눈을 커다랗게 뜨고 고개를 얼른 끄덕였다.

절대 그러지 않으려고 항상 노력한다는 거, 알고 있어.

그걸 누구보다도 잘 알고 있었다. 그녀는 그래도 불안한 눈치인 헬리의 손을 꼭 잡고 열심히 고개를 끄덕여줬다.

진짜 알아. 믿어. 애쓰는 거 알아.

그는 언제나 그녀의 곁에서 열심히 노력하고 있었다. 더 노력할 필요가 없을 정도의 경지에 오른 게 분명한데도 불구하고. 헬리는 수하의 머릿속을 함부로 읽지 않는다. 그래서 수하도 그를 경계하거나 꺼릴 이유가 없었다.

그걸 아직도 걱정하고 있었구나. 나는 다 알고 있는데.

그녀가 웃자 헬리도 그제야 간신히 웃으며, 그녀의 손에 입을 맞췄다.

☾

익숙한 알람 소리와 함께 익숙한 기숙사 천장이 보인다. 수하는 눈을 부릅뜨고 천장을 쳐다보았다.
"미친……."
꿈 내용을 생각해보니 안개로 다시 변하지는 않은 모양이다. 하지만 그렇다고 해서 기쁘진 않았다.

"미친!"

"……야, 너 베개 또 망가뜨리면 안 된다……."

옆에서 알렉스의 졸음에 겨운 목소리가 들려왔다. 그래서 수하는 베개를 꼭 껴안고 발버둥을 쳤다. 미쳤나 봐! 아무리 헬리가 어젯밤에 울던 걸 달래주고 기숙사까지 잘 데려다줬기로서니, 또 '공주님'이라고 부르는 꿈을 꾸다니!

'꿈이 뭐 그렇게 구체적이야……?'

꼭 저번 꿈과 이어지는 것 같잖아. 수하는 끙끙대며 베개를 끌어안았다.

'지금 이런 꿈을 꿀 때가 아니라 안개가 되어 돌아다니는 문제에 대해 고민해야 한다니까?'

스스로에게 다그쳐봐도 자꾸만 눈앞에서 헬리가 손등에 조심스럽게 입을 맞춰주는 장면이 아른거린다.

미쳤어! 수하는 결국 또 이불을 두르고 침대 위에서 데구르르 굴러버렸다.

"아…… 맞다."

일어나면 헬리가 연락하라고 했지. 수하는 꾸물꾸물 침대 위를 기어서 간신히 휴대폰을 잡았다. 그러곤 잡생각을 애써 털어내고 메시지를 보내기 시작했다.

◗

그 시각, 헬리는 물끄러미 이틀 연속으로 생긴 하급 뱀파이어 시체 두 구를 내려다보고 있었다.

"소지품에서도 딱히 건질 게 없어."

머리를 대충 묶은 자카가 장갑을 낀 손으로 뱀파이어의 지갑을 툭 던졌다. 피에 대한 갈망으로 인간을 사냥하려다 제지당하자 겁도 없이 그들에게 덤빈 놈들이다.

바닥에 주저앉은 자카는 심각한 얼굴로 서 있는 헬리를 쳐다보았다.

"어떻게 할 거야?"

"……어떻게 하긴."

헬리는 이안과 함께 서 있던 붉은 머리카락을 가진 소년을 쳐다보았다. 그는 아까부터 부루퉁한 표정으로 구석에 서 있었는데, 헬리와 자카의 시선이 닿자마자 바로 불퉁하게 말했다.

"뭐."

"……저 형 아직까지도 삐쳤다."

자카가 중얼거리며 자리에서 일어나서 소지품 등을 한데 모으기 시작했다.

"안 삐쳤어."

붉은 머리카락을 가진 소년이 이를 드러내며 중얼거렸다. 살짝 빠져나온 덧니가 드러났다가 사라졌다.

"그럼 하면 되겠네."

헬리는 간단하게 시체를 가리켰다. 부드럽게 웃는 형을 한번 보는 그를 옆에 서 있던 이안이 한 팔로 휙 껴안고 머리카락을 헤집었다.

"으이그, 괜히 부끄러워가지고. 우리 지노 삐쳤어요?"

"좀 놔봐. 아, 내 머리!"

어젯밤, 수하 앞에서 살아 있는 라이터로 분류된 지노가 대충 손짓을 하자 시신에서 불길이 피어올랐다. 이제 리버필드 시에 잠입하여 인간들을 해치려던 뱀파이어들은 흔적도 없이 재가 되어 사라질 것이다.

이안은 대단히 빠르게 시신을 태우는 불을 바라보며 중얼거렸다.

"꼭 저렇게 붙잡혀서 죽어도 상관없는 놈들만 보내는 것 같단 말이야."

이안의 손을 머리카락에서 떼어낸 지노가 미간을 좁히며 말
했다.

"왜 자꾸 보내는 거지? 피가 필요하면 굳이 리버필드까지 올
필요는 없잖아."

"뭔가 찾는 게 있든가. 아니면 도발을 하는 것이든가."

자카가 손을 꼽은 뒤 어깨를 으쓱거렸다.

"둘 중 하나겠지, 뭐."

"누굴 도발하느냐가 문제지. 우리냐, 아니면⋯⋯."

이안은 어제 오후에 시비가 붙었던 선샤인 시티 스쿨 주전
들을 떠올렸다.

"저쪽 늑대들이냐."

"아, 늑대들이면 우리가 굳이 끼어들지 않아도 좋을 것 같은
데."

딱히 선샤인 시티 스쿨 쪽과 사이가 좋지 않은 건 모두가 똑
같아서, 이안과 어깨동무를 한 지노가 중얼거렸다.

"아니, 그래도 끼어들어야 해. 자꾸만 하급 뱀파이어들이 출
몰해서 일을 벌이는 게 우리 쪽이라고 생각하면 그건 그거대
로 골치 아프니까."

헬리가 중얼거리자 자카가 맞는 말이라는 듯 고개를 끄덕였다.

"걔네는 하급 뱀파이어랑 우리랑 다르다는 것도 모르잖아."

하급 뱀파이어들은 인간과 달리 바짝 말라서 불에 집어 삼켜졌다. 지노가 피워낸 불은 시신의 재까지 깨끗하게 태운 뒤 사라질 것이다.

불길을 가만히 보고 있던 형제들은 문득 헬리에게서 나는 소리에 고개를 돌렸다. 헬리는 그새 새로 산 휴대폰을 꺼냈다.

"수하야?"

이제부터 공주님이라고 놀리는 대신 수하라고 똑바로 부르기로 한 이안의 물음에 헬리가 고개를 끄덕였다.

"잠은 좀 잤대?"

어제 해변에서 수하와 마주친 자카와 이안, 지노는 굳이 말은 하지 않아도 수하가 얼마나 충격을 받았을지 짐작하고 있었다.

"응. 그랬나 봐."

"형은 좀 잤어?"

자카가 묻자 헬리는 또 고개를 끄덕였다. 자고, 꿈까지 꾸었다.

굳이 잘 필요가 없는 뱀파이어지만, 머리와 심장이 동시에 터져나갈 것 같아서 괜히 눈을 붙였다. 그러곤 또 심장이 터져나갈 것 같은 꿈을 꿨다.

"……이상해."

헬리의 중얼거림에 이안이 고개를 끄덕였다.

"그래. 이상한 거 맞다니까. 꿈에서나 봤던 애가 갑자기 튀어나왔지, 하급 뱀파이어들이 뜬금없이 자꾸 들어오지. 이거 이상해."

이렇게 공교롭게 모든 게 맞아떨어질 수가 있나?

너무나 오랜 시간 동안 꿈에서나 보던 여자애가 갑자기 수하라는 이름을 달고 나타났다. 그녀가 범상치 않은 힘을 가지고 있다는 걸 인지한 장소조차 뱀파이어가 습격하던 곳이고, 그 와중에 하급 뱀파이어가 속속 나타나서 리버필드 시를 위협하고 있다.

그런데 이게 우연이라고?

우연일 리가 없지. 어떤 힘이 이곳에 자꾸만 모이고 있는데, 원인을 모르겠다. 헬리의 머릿속이 복잡하게 돌아갔다.

"근데 수하 걔는 진짜 꿈에서 본 거랑 똑같더라. 좀 기죽어 보이긴 했지만."

자카가 고개를 들고 형들을 쳐다보며 말했다.

"그렇지?"

"그래서 더 이상해. 걔는 우리를 모르는데, 우리는 걔를 알 잖아. 우리 일곱 명이 다 아는 거잖아. 너무 이상하지 않아?"

냉철한 자카의 지적에 헬리는 휴대폰을 내려다보았다. 잘 잤고, 안개가 되어 돌아다니는 꿈은 꾸지 않았으며, 챙겨줘서 고 맙다는 수하의 메시지를 한 번 더 읽었다.

"……아무래도 가봐야겠어."

"어딜, 수하한테?"

"수하도 그렇고. 우리가 원래 있던 곳으로."

순식간에 무거운 침묵이 내려앉았다.

드셀리스 아카데미는 유치원부터 대학교까지 있는 어마어 마하게 큰 교육기관이라 다니는 사람도 많았지만, 어쨌든 어 디든 유명인사가 있기 마련이다.

안 그래도 어제 '그' 헬리가 직접 수업 끝나는 시간에 맞춰 기다리고 있었다는 이유만으로 수하는 주변 분위기가 슬쩍 바뀐 것을 느낄 수 있었다.

"나 입은 옷 이상해?"

수하의 조심스러운 질문에 알렉스는 고개를 저었다.

"아니, 지극히 평범한데."

"그런데 왜 다 쳐다보는 것 같지……?"

"어제 헬리가 너 찾아왔잖아."

"그건……."

"그래, 네가 헬리랑 부딪쳐서 휴대폰 부쉈다며."

어제저녁, 굳은 얼굴로 돌아온 수하에게 어쩐 일이냐고 물었던 알렉스는 그렇게만 알고 있었다. 헬리가 휴대폰 문제로 잠깐 온 것뿐이고, 계산은 확실하게 끝날 거라고. 그러니까 그건 속상할 일이지, 지금 주변에서 쳐다보고 수군댈 일은 아니라고 알렉스는 생각했다.

"그런데 다른 애들은 그걸 모르니까 널 보고 '헬리가 쟤를 찾아왔대!'라고 하는 거지. ……괜찮아?"

수하는 뒤늦게 고개를 들었다.

"응? 뭐가?"

"헬리 걔 휴대폰도 엄청 비싼 거 쓸 거 아냐. 완전 최신으로."

"……어쩔 수 없지, 뭐……."

헬리는 갚을 생각은 하지도 말라고 여러 번 말했지만, 그냥 넘어가기엔 수하의 양심이 콕콕 찔렸다.

"몸으로 때우는 수밖에……."

"몸으로 때운다고? 너 무슨 말을 하는 거야?"

알렉스가 입을 딱 벌리고 수하를 붙잡았다.

"헬리가 너 괴롭혀? 휴대폰 바로 새 거 안 사주면 가만 안 두겠대? 아니, 걔가 그럴 사람은 아니라고 들었는데……? 나 돈 있어. 나도 빌려줄게!"

"그건 고마워. 그런데 그런 건 아니야."

수하는 하하 웃으면서 고개를 흔들었다.

"그럼 뭔데?"

"내가 어제 말을 안 한 게 하나 있는데……."

"어. 헬리한테서 무슨 향 나는지 말 안 해줬어!"

"아니, 그거 말고……."

"중요하단 말야! 나중에 휴대폰 값 갚을 때 무슨 향수 쓰냐고 꼭 물어봐 줘! 같은 거 살 거란 말야! 중요해!"

중요하단 말만 두 번이니 진짜 중요한 거다.

"아, 그래, 그거 중요하지……."

수하는 힘없이 고개를 끄덕이며 운동화를 집어 들었다.

"가서 물어볼게."

"가서? 어딜? 헬리한테?"

알렉스가 묻는 순간, 기숙사 휴게실에서 누군가가 외쳤다.

"야, 지금 기숙사 입구에 헬리 왔대!"

알렉스는 운동화를 신는 수하를 반사적으로 쳐다보았다.

"너 설마, 몸으로 때운다는 게……."

"……어…… 나이트볼 해보란다……."

사실은 안개화 능력을 연습하는 거지만, 친구들에게는 그렇게 둘러대기로 했다. 어차피 연습도 나이트볼 경기장에서 하기로 했고.

"수하야, 나는 네가 무척 자랑스러워. 역시 내 친구. 멋지다. 네 운동신경은 너무 뛰어나서 절대 썩혀서는 안 돼. 하는 김에 주전들이랑도 친해져야 해. 알지? 무슨 말인지 알지? 그치?"

알렉스는 아주 침착하게 수하의 어깨를 붙잡고 눈을 반짝거리다 못해 번뜩였다.

"하하하하……."

"그리고 꼭 나더러 구경하러 오라고 해야 하는 거다? 응? 아니다. 지금 내가 바래다줄게. 가자. 헬리가 기다린다. 얼른 가자!"

수하는 그대로 알렉스에게 질질 끌려갔다. 아, 저 멀리에서 헬리가 어제와 똑같은 표정으로 서 있다.

그러고 보니 어제도 공주님 운운하는 꿈을 꿨지. 볼 때마다 얼굴이 붉어지지만, 나쁘지 않았다.

"수하야."

그가 웃으며 손을 흔들었다. 동시에 그녀의 걸음도 가벼워졌다.

제 6화

전학생은 평범하고 싶다
part 6

엄밀히 말하자면 나이트볼은 밤에 하는 종목이었다.

찬란하게 빛나는 공이며 골대만 봐도 이건 밤에 보면 두 배로 재미있겠다 싶지만 수하는 나이트볼을 연습하러 온 게 아니다. 그녀는 넓은 나이트볼 경기장에 서서 끙끙대고 있었다.

아, 물론 혼자 끙끙대는 건 아니다.

"잠을 자야 할까?"

"잠을 잔 뒤에 쓸 수 있는 능력은 안 된다니까. 수하 네가 제어할 수 있는 능력이어야 해."

대단한 능력인 동시에 위험한 능력이기도 하다. 만일 안개인 상태로 돌아다니다 헬리처럼 그녀를 알아보는 이를 만났을 때 공격을 당할 수도 있고, 여러 가지 변수가 많았다. 차라리 완전히 자신의 것으로 만들어서 편리하게 사용하는 게 여러모로 나았다.

당장 그들, 나이트볼 주전인 뱀파이어 로드들이 그랬으니까.

헬리가 고개를 저으며 이안을 쳐다보았다.

"……뭐, 왜? 나는 타고나길 이렇게 태어나서 저런 능력은
몰라."

괴력이 주특기인 이안은 헬리와 똑같이 고개를 흔들며 뒷걸
음질 쳤다.

그럼 이안은 아니고. 이안보다 키가 큰 지노가 곁에 있다가
중얼거렸다.

"나도 타고나길 살아 있는 라이터라서 모르기는 한데…….
그, 내가 '해야겠다'라는 생각을 해봐."

나이트볼 주전 일곱 명에게 둘러싸이는 건 생각보다 훨씬
더 어색하고 이상한 일이었다.

이안은 아예 자신과는 거리가 먼 이야기라며 물러났고, 헬
리는 수하의 곁에 붙어서 걱정스러운 표정을 숨기지 못했다.
어쨌든 '제어'해야 한다나.

"하, 하고 있어."

생각을 한다고 해서 되는 건 아니다. 지노는 관자놀이를 긁
으며 헬리를 쳐다보았다.

"나도 안 될 것 같은데. 내가 불이 되는 건 아니잖아. 그런데
얘는……."

"'수하'는."

헬리가 바로 호칭을 정정했다.

"그래, 수하는 안개가 되어야 하는 거고."

그러니까 지노도 슬쩍 뒤로 빠져서 이안과 함께 공을 주고
받기 시작했다.

약간 길고 색이 바래 백발에 가까운 은발을 대충 묶은 채로
팔짱만 끼고 있던 자카가 난감해하는 수하를 지켜보다가 한
마디 던졌다.

"밤에만 가능한 거 아니야? 꿈을 꿀 때만 이리저리 왔다 갔
다 했다면서."

"왔다 갔다 한 건 아니고……."

이걸 도대체 뭐라고 설명해야 할까. 수하가 난감해하자 자카
가 헬리를 어깨로 툭 쳤다.

"형이 한번 들여다봐."

"그건 안……."

"최소한 어떤 느낌인지 아는 사람이 둘은 되는 거잖아. 수하
한테 양해를 구하고, 그때 기억만 들여다보는 거야."

"어……, 난 좋아. 그게 가능하다면."

수하가 두 사람을 보며 조심스럽지만 또렷하게 말했다. 헬리에게 다른 사람의 머릿속을 읽는 능력이 있다는 것도 알고, 그가 그걸 얼마나 무례하게 생각하는지도 안다. 하지만 괜찮았다.

"괜찮아."

"하지만……."

"일부러 안 보려고 애쓴다는 거 알아."

순식간에 헬리를 제외한 나머지 여섯 명이 수하를 휙 쳐다봐서 그녀는 주춤거렸다.

왜 쳐다보지? 그녀는 오늘 꾼 꿈을 생각하며 말한 건데, 아직 만난 지 얼마 안 된 사이에 너무 섣부른 말이었나?

"그러니까, 노력하잖아. 그치? 그 밖의 건 안 보려고 많이 노력하잖아."

말실수를 한 걸까. 수하는 그래도 이 정도 이야기는 할 수 있다고 생각했다.

"거봐. 쟤도 아네."

공을 받던 이안이 픽 웃었다. 약간 놀란 것 같던 주전들이 죄다 부드럽게 미소를 짓고 있었다. 어색하게 꾸물대던 분위기가 한층 누그러진 느낌이었다. 수하가 한, 별것 아닌 말 한마디에 말이다.

"……그럼 한 번만 볼게. 다른 건 절대 안 보고, 꿈을 어떻게 꾸는지만 볼게."

"괜찮다니까."

"실례할게."

그래도 헬리는 끝까지 조심스러워하며 수하에게로 손을 뻗었다. 어? 손?

"어, 손잡아야 해?"

"어, 어."

그렇다고 하니 수하는 일단 내밀어진 손을 잡았다.

미친, 손을 왜 잡아?

손을 왜 잡아? 손 안 잡아도 읽을 수 있으면서?

……형, 드디어 미쳤구나…….

아, 진짜, 다 보는 데서 그러지 좀 마. 제발.

아오, 내 눈!

……저 형, 왜 저래……?

순식간에 수하를 제외하고 헬리가 읽을 수 있는 이들의 뇌리에서 일제히 비난이 떠올랐지만, 헬리는 꿋꿋하게 무시하고 수하가 꿈을 꿀 때를 찬찬히 살폈다. 그러곤 눈가를 좁혔다.

"……순간이동이네. 이동하는 게 아니야."

순간이동이라니 그건 또 무슨 소리인가. 수하는 눈을 동그랗게 떴다.

"자던 곳에서 안개가 되어서 움직이는 게 아니라, 일단 시작하는 곳이 이미 바깥이고, 이미 안개가 되어 있어."

"아, 그럼 나도 아니네. 나는 뛰는 게 전문이라."

자카는 양손을 들어 올리더니, 순식간에 돌아서서 사라진 뒤 지노가 이안에게 던지는 공을 휙 낚아챘다. 수하가 놀라 입을 뻐끔거렸다.

"저, 저게 순간이동 아니야?"

이곳에서 이안이 서 있는 곳까지는 족히 열 걸음은 되는데, 거길 순식간에 이동하는 자카야말로 순간이동이 아닌가?

그때 자카가 다시 이쪽으로 휙 나타났다.

"난 순간이동은 아니야. 그냥 좀 빠른 거지."

대단히 침착한 얼굴로 설명하곤 또 휙 사라진다. 수하는 이들이 보여주는 놀라운 능력에 정신을 차릴 수가 없었다.

"저 까칠한 성격에 웬일이야? 수하가 마음에 드나 보네."

이때까지 입을 다물고 있던 짧은 금발 머리가 중얼거렸다. 쟤 이름이 뭐였더라? 시온이었나? 그래, 저 뒤에 키 크고 머리 색이 어두운 애는 노아. 그 옆에 오드아이가 솔론.

수하는 다시 한번 소개받은 이름과 얼굴을 매치시켜보았다. 사람이 너무 많아서 이름이 헷갈렸다. 아, 얼굴은 헷갈리지 않는다. 죄다 각자 개성이 뚜렷하게 잘생겼으니까.

"솔론."

헬리가 자연스럽게 떠나는 시온과 노아 대신 묵묵히 서 있던 솔론을 불렀다.

혼자 남은 그의 두 눈은 각각 색이 다르다. 한쪽은 푸른색, 다른 쪽은 마치 맹수처럼 환한 노란빛으로 번뜩이고 있었다.

"네가 도와줬으면 좋겠어."

헬리의 의미 있는 말에 솔론, 오늘 수하가 처음 본 이들 중 하나가 그녀를 물끄러미 보았다.

"……굳이 꼭 그래야 할 필요가 있나?"

수하는 처음 듣는 이야기에 고개를 조금 더 들었다.

"내 말은, 굳이 잘 모르는 능력을 딱히 필요도 없는데 애써 가면서 가르칠 필요가 있냐는 거야. 누가 얘를 노리는 것도 아니잖아."

맞는 말이긴 했다. 수하가 목숨이 위험한 것도 아니고, 안개가 되어 여기저기 쏘다니는 능력이 있어 뭘 할까.

솔론은 다시 수하를 바라보며 물었다.

"너는 왜 이걸 하려는 거야?"

솔론의 질문은 핵심을 찔렀다. 그는 차분하지만 샅샅이 살피는 눈빛으로 수하를 바라보았다.

가볍게 대답할 수 없는 질문이지만, 솔론은 수하의 생각보다 훨씬 더 이 문제를 심각하게 여기는 듯했다. 그녀는 잠시 머뭇거렸다.

"내가 시비를 거는 건 아니고……. 무슨 생각인지 궁금해서 그래."

수하가 머뭇거리는 게 그가 공격적으로 말한 것처럼 들렸기 때문이라고 생각한 솔론이 얼른 덧붙였다.

조금만 얼굴을 굳혀도 싸늘해 보여서 함부로 다가갈 수 없어 보이는 게 그들이라는 걸 그들 스스로도 다 잘 알고 있었다.

"……모르는 것보다는 아는 게 낫잖아."

한참 생각하던 수하가 말했다.

"나는 계속 내가 이상한 사람인 줄 알았어. 주변 사람들도 다 그렇게 말해서 숨기기 바빴고."

처음 보는 사람에게 이런 말을 한다는 게 참 어색한 일이지만, 수하는 적어도 어제 그녀의 삶이 완전히 뒤집혔다는 걸 솔론도 알았으면 했다.

"그런데 어제 처음으로 아닐 수도 있다는 생각이 들어서 해보려는 것뿐이야."

하지만 그걸 다 표현하기엔 아무래도 말주변이 부족한 것 같다. 수하는 괜히 입술을 말았다.

"⋯⋯무슨 말인지 알겠어."

솔론은 묵묵히 고개를 끄덕였다.

어, 통한 건가? 정말? 수하의 축 처졌던 어깨가 다시 솟아올랐다. 솔론도 그녀와 같은 경험이 있는 걸까?

"내가 도와줄 수 있는 건 도와줄게. 대신."

그는 분명하게 수하를 보며 말했다.

"나중에 능력을 사용해야 할 순간이 오면 절대로 망설이지마."

이유는 몰랐지만, 일단은 알겠다고 대답할 수밖에 없는 눈빛에 수하는 고개를 끄덕이고 말았다.

물론 솔론이 도와준다고 해서 하루아침에 갑자기 안개로 바뀔 리가 없었다.

수하는 숨을 몰아쉬며 주저앉았다. 솔론이 한숨을 쉬었다.

"오늘 하루로 다 해치울 생각은 하지 마."

"난 어릴 때부터 계속 밤마다 안개로 변했단 말야. 하루면 될 줄 알았지."

누가 봐도 나이트볼을 엄청 연습하다가 온 사람 몰골을 하고 있으니, 적어도 친구들이 의심은 안 하겠다. 안간힘을 쓰고, 뛰어도 보고, 솔론과 헬리와 함께 머리를 맞대고 고민해봤지만 마음대로 되지는 않았다.

"이쯤에서 오늘은 그만해. 너무 힘써봤자 지치기만 하니까."

솔론은 무뚝뚝하게 말하며 걸어가 버렸다. 풀이 죽은 수하에게 헬리가 가만히 물을 내밀었다.

"힘들지? 마셔."

"고마워. 그런데 헬리 너도 가봐야 하지 않아?"

약 한 시간 동안 열심히 애써보며 살펴보니 주전들은 다 바쁜 것 같다. 하긴 나이트볼 리그 우승이 거저 얻어지는 건 아니니, 열심히 연습도 해야겠지.

"너랑 같이 있을 시간은 있어."

다정하게 웃으면서 아무렇지도 않게 그런 말을 하면 듣는 사람이 오해하지 않겠니? 수하는 얼른 물이나 마셨다. 착각하지 말자. 헬리는 아주 친절한 성격일 뿐이니까.

"그런데 수하야."

물을 꼴깍꼴깍 마시던 수하가 그를 다시 쳐다보았다.

"궁금한 게 있는데, 혹시 안개가 되어서 돌아다니는 꿈 말고 다른 꿈을 꾼 적은 없어?"

다른 꿈? 반사적으로 수하는 오늘 꾼 꿈을 떠올렸다.

"이상하게 이어진다거나, 아니면 아는 사람이 나온다거나 하는 꿈 같은 거."

공주님.

그의 목소리 위로 꿈에서 봤던 헬리의 목소리가 겹쳤다.

"아니!"

수하는 고개를 흔들었다.

"그거 말고는 이상한 꿈 안 꿨어."

절대로, 절대로 말하지 않을 거다. 헬리에겐 특히 말 안 할 거다. 아무리 생각해도 개꿈인데 그게 좀 이어지는 콘셉트라고 해서 헬리에게 굳이 말할 필요는 없잖나.

"그래?"

헬리는 알겠다는 듯 고개를 끄덕이면서도 수하에게서 시선을 떼지 않았다. 그녀는 슬쩍 고개를 들었다가 헬리와 눈이 마주치곤 얼른 눈을 피했다.

혹시 거짓말했다는 게 티가 났을까?

'일부러 생각은 안 읽으려고 노력한다고 하니까, 표정 가지고 알아차리진 않겠지?'

그렇겠지?

☾

오늘 나이트볼 경기장에서 보낸 시간은 한 시간 남짓이었다. 헬리는 수하를 다시 데려다주는 역할에 충실했고, 떠돌아다닌다는 하급 뱀파이어에 관한 이야기는 수하에게 절대 들려주지 않았다.

'나는 아마 몰라도 된다는 거겠지.'

하긴 안개화 능력도 제대로 쓰지 못하는데, 수하에게 끔찍한 이야기를 해줘봤자 그녀가 감당할 수 있을 리가 없다. 하루가 들썩이며 지나간 뒤 깊은 밤, 혼자 누우면 이래저래 생각이 많아진다.

'솔론도 뭔가 변하는 능력인가 본데, 뭐로 변하는 걸까?'

헬리는 아마 알고 있을 거다. 하지만 말해주지도 않고, 솔론도 딱히 말해주고 싶어 하지 않는 모양이다.

졸지에 새로운 지인들이 일곱 명이나 생기긴 했는데, 아직까지는 어색하고 서먹하기만 해서 난감하다. 잘하고 싶은데. 기왕 만났으니 친하게 지내고 싶은데.

'아, 설마 오늘도 공주님 꿈을 꾸지는 않겠지……?'

그런 생각을 하다가 잠든 것 같다. 평온하게 아무런 꿈도 꾸지 않고 잠들길 바랐으나, 요즘 수하에게 일어나는 일들로 봐선 그러기가 힘들었다. 수하는 천천히 눈을 뜨고 주변을 둘러보다가 한숨을 푹 쉬었다.

'에휴, 죽어라 연습을 하면 뭘 하냐고. 그냥 잠드는 게 빠르지.'

그녀는 또 안개가 되어서 오늘 내내 열심히 집중하고 있던 나이트볼 연습장 입구에 서 있었다. 저 안쪽에서 빛나는 공들이 날아다니는 걸 보니, 아무래도 주전들이 연습을 하고 있는 모양이다.

가볼까, 하다가 말았다. 예전보다는 의식이 훨씬 또렷했지만, 또 헬리 앞에서 잠옷 바지 차림으로 나타나긴 싫었기 때문이다. 앞으론 잘 때 옷도 신경 써서 입어야 하나? 그게 뭐람.

'난 도대체 여길 또 왜 온 거야⋯⋯. 뭘 보려고?'

보통은 뭔가를 목격하지 않던가. 고개를 돌리던 수하의 눈에 성큼성큼 걸어오는 잿빛 머리카락의 키가 아주 큰 남자가 보였다.

'어, 쟤가 여길 왜 와?'

그제인가, 대낮에 광장에서 이안이 선샤인 시티 스쿨 애와 붙었을 때 헬리와 함께 뜯어말리던 선샤인 시티 스쿨 남학생 아닌가.

헬리와 아는 사이인 것 같던데? 그때 이름이 뭐라고 했지? 싸움이 나나 싶어 긴장만 했던 기억에 이름은 남아 있지 않았다. 그는 표정이 팍 굳어서, 딱히 기분이 좋아 보이지 않았다.

'⋯⋯설마 또 싸우는 거야?'

깜짝 놀란 수하가 그 덩치 큰 남학생에게 좀 더 가까이 다가

갔다. 그리고 그때, 그가 가까이 다가온 안개를 보더니 눈을
가늘게 떴다.

"이건 또 뭐야?"

안개 속으로 쑥 들어온 강인한 팔이 수하의 멱살을 움켜쥐
고 끄집어냈다.

안개화 될 때마다 멍하던 머리가 흐트러진 호흡 때문에 다
시 확 맑아졌다.

갑자기 멱살이 잡힌 수하는 잡은 손을 붙들었다. 눈이 마주
친다. 밝은 갈색 눈에 살기가 가득했다.

'죽을지도 몰라.'

아니, 진짜 죽겠다. 당장 그녀의 목뼈가 부러질지도 모르는
악력이다.

수하는 컥컥대면서도 다부지게 마음을 먹었다.

"이거⋯⋯."

놔!

쾅, 하는 굉음과 함께 거대한 남자가 뒤로 휙 밀려 나갔다.
아니, 더 밀쳐낼 수 있었는데 쟤가 딱 저만큼만 밀린 거다.

수하는 숨을 골라가며 씩씩거렸다. 물러나고 싶다 해서 물러날 수 있는 게 아니다. 저 남자애도 가만 안 있을 거란 걸 본능적으로 알았다.

수하는 밀려난 남자애가 그녀를 향해 한 걸음 움직이자마자 주먹을 꽉 틀어쥐었다.

어떻게 사흘 연속으로 꿈자리가 이렇게 사나울 수가 있어!

제7화

전학생은 평범하고 싶다
part 7

수하는 운동신경이 남달라서 따로 운동 종목을 배워본 적은 없었다. 혹시 남다르다 못해 이상하다는 걸 들키진 않을까 겁나서, 여덟 살짜리는 뭐라도 배워보지 않겠냐고 묻는 엄마에게 세차게 고개만 저었다.

그래서 그녀는 정확하게 사람을 공격하거나 스스로를 방어하는 방법을 배우진 않았다. 다만, 수도 없이 봤을 뿐이다.

쾅!

안개로 변해 떠돌면서 끔찍한 존재들이 인간에게 해악을 끼치는, 보지 말아야 할 장면을 수도 없이 봤을 뿐이다.

눈으로 익힌 학습은 실전에서도 의외의 효과를 나타냈다.

그리 기쁘지는 않은 일이었다.

수하는 진땀을 흘리면서도 낯선 공격자에게 밀리지 않으려고 애썼다. 그냥 밀리고 싶지 않았다.

'빨라.'

상대는 빨라도 너무 빠르다. 그녀가 반격할 거라곤 상상도 못 한 모양인지, 처음에는 당황해서 주춤했지만 일단 정신을 차리자 방어가 빈틈없었다.

하지만 반격은 없었다. 수하는 상대를 있는 힘껏 두들겨주고 싶어서 애써도 그럴 수가 없는데 말이다! 짜증 나! 재수 없다!

"이······!"

움직임은 날렵하면서도 체격은 두툼한 선샤인 시티 스쿨 남학생은 그녀의 서툰 공격을 모조리, 그것도 무척 쉽게 피했다.

수하는 짜증이 나고, 약이 바짝 올라 마구 주먹질을 해봤지만 그녀 스스로도 알고 있었다.

저 남자애는 그냥 그런 피라미나 골목에서 봤던 하급 뱀파이어가 아니다. 그러니 수하가 당해낼 수가 없다.

"잠깐, 잠깐만!"

남자애는 이 와중에 말을 할 정도로 여유가 있었다. 수하는 말할 틈도 없는데.

"미안해. 나는 네가 뱀파이어인 줄 알았어!"

입술을 꼭 깨물고 그를 공격하는 여자애에게서는 뱀파이어들 특유의 냄새가 나지 않는다.

체취로 사람을 구분하는 늑대인간 중에서도 지금 이곳에 유유자적 홀로 나타난 칸은 특히 예민했다. 느껴지는 시선에 일단 잡고는 봤는데 뱀파이어는 아니라니.

안개가 평범한 인간으로 바뀔 수도 있나 싶었지만 뱀파이어가 아니라면, 우선은 사과해야 했다.

"그러니까 진정해! 미안해!"

하지만 몹시 흥분한 수하를 진정시킨 건 칸의 몇 마디가 아니라, 소란을 눈치채고 나이트볼 연습장에서 뛰어나온 헬리였다.

불쑥 튀어나온 그는 칸에게 씩씩대며 발길질이라도 해보려고 안간힘을 쓰는 수하를 뒤에서 붙잡았다.

"수하야, 그만!"

"이이익!"

"그만, 그만해."

헬리를 뒤따라 나온 이안은 입을 딱 벌렸다. 얼굴이 빨갛게 달아오른 수하가 그렇게 약이 올라 씩씩대는 건 처음 봤기 때문이다.

순식간에 상황을 파악한 헬리는 일방적으로 공격만 하고 있던 그녀가 옴짝달싹하지 못하게 붙잡고 뒤로 빼냈다.

"수하야."

기숙사로 돌아간 수하가 여기 왜 나타났는지야 뻔한데, 칸이 여기 왜 있을까. 왜 둘이 붙은 거지?

헬리가 빠르게 생각하며 씩씩대는 수하를 단호하게 데리고 오는데 생각지도 못한 말이 들렸다.

"나 쟤 딱 한 대만 때리고 싶어!"

진심이 가득 담긴 말이었으나 헬리는 필사적으로 웃음을 참았다. 처음으로 전투를 하고, 몸을 지키기 위한 방법을 배울 때 승부욕에 가득 찬 동생들이 하던 소리와 똑같았기 때문이다.

"안 돼. 다쳐. 이리 와. 자다가 온 거지?"

헬리가 하는 말은 다 이상하다. 머리가 폭발할 정도로 열이 바짝 올랐는데, 자상하고 차분한 목소리에 금세 정신이 들었다. 그러고 보니 그녀는 또 잘 때 입던 옷차림 그대로 나와서 싸우고 있었다.

"어떻게 된 거야? 안개가 되어서 이 주변에 온 거잖아."

"어, 자다가……. 그런데 네가 저번에 해변에서 날 알아봤듯이 쟤도 날 알아보고 붙잡았어. 이렇게."

수하는 자신의 멱살을 잡아 보였고, 순식간에 헬리의 눈이 가느다랗게 좁혀졌다.

"놀랐겠다. 잠깐 여기에 앉아 있어."

입고 있던 후드집업을 벗어서 수하의 어깨에 걸쳐준 헬리가 일어나 성큼성큼 걸어갔다.

혼자 남은 그녀는 며칠 새 계속 걸치게 되는 헬리의 옷을 괜히 만지작거리면서 남은 열을 식히려 애썼다. 여전히 속이 상했다.

"이게 대체 무슨 일이야?"

이미 이안이 칸을 노려보며 묻고 있었다.

"그건 내가 묻고 싶은 말인데."

생각지도 못하게 튀어나온 수하 때문에 상당히 놀랐지만, 칸은 잿빛 머리카락을 쓸어 넘기며 조용히 대꾸했다.

솔직히 그는 제 형제들을 보호하는 일에 무척 예민한 이안을 상대하는 것보단, 매사에 이성적이고 때론 온건한 헬리와 대화하는 쪽을 더 선호했다.

안 그래도 이안이 저번에 대로 한복판에서 하필이면 온순한 성격인 나자크와 붙어서 뜯어말리느라 애를 먹지 않았나.

"우리한테 할 말이 있어서 온 것 같은데."

이쪽으로 걸어오는 헬리의 말에 칸이 시선을 돌렸다. 헬리의 뒤로 앉아 있던 여자애에게 우르르 몰려드는 다른 뱀파이어 형제들이 보였다. 어디 보자.

'매일 나만 보면 으르렁대는 솔론에, 저 머리 반만 묶고서 날 째려보는 놈은 자카인가. 불 피우는 애를 비롯해 나머지는 여기 없나?'

상대방의 전력을 파악하는 건 기본이다. 대충 헤아린 칸은 헬리에게로 미세하게 시선을 다시 옮기곤 고개를 끄덕였다.

"할 말이 있어서 왔지."

칸의 형제들은 그가 이곳까지 혼자 오는 것을 무척 반대했다. 무슨 일이 생길지 알고, 더 정확하게 말하자면, 저 뱀파이어 놈들이 무슨 짓을 할지 알고 혼자 가냐는 거다.

하지만 칸은 어차피 형제들을 다 끌고 왔어도 숫자에서 밀릴 테니, 모두가 다 함께 오는 건 의미가 없다고 생각했다.

그의 형제 중 셋이 현재 리버필드 시에 없다. 그리고 칸은 늑대 무리의 리더로서 이 일을 현명하게 해결해야 했다.

"할 말은 무슨, 맨날 귀찮게 시비나 걸면서······."

"이안, 가서 수하를 좀 챙겨줘."

짜증을 내며 슬슬 칸을 긁는 이안을 바로 제지한 헬리가 한 걸음 더 앞으로 나왔다. 어차피 칸은 저런 사소한 도발에는 꿈쩍도 않는다는 걸 헬리는 잘 알고 있었다.

"사람들에겐 죽어도 관심 없는 척만 하고 있더니, 언제부터 인간까지 챙기기 시작한 거지?"

칸은 수하를 힐끗 보며 헬리에게 물었다. 칸의 손은 가볍게 늘어뜨려져 있었다. 언제라도 공격을 시작할 수 있는 자세다.

이 자리에 있는 사람 중, 수하를 제외하곤 모두가 언제 싸움이 벌어져도 이상하지 않다는 걸 알고 있었다. 팽팽하게 부딪치는 눈빛들은 곧장 살기에 물들어도 이상하지 않았고, 미묘한 분위기에 누군가 불만 당긴다면 바로 터질 것이다.

"들어가자."

속을 억지로 가라앉힌 이안이 수하를 아예 데리고 나이트볼 연습장 안쪽으로 데려갔다. 자카가 함께하고, 솔론은 팔짱을 낀 채 남았다. 그는 날카로운 눈으로 칸을 예의주시하고 있었다.

솔론이 남을 줄 이미 알고 있었던 헬리는 얼굴을 굳힌 채 냉정하게 말했다.

"네가 알 바는 아닌데."

"아, 그래."

칸은 쉽게 고개를 끄덕였다. 바꿔 말하자면, 방금 있었던 일도 더 이상 신경 쓰지 않겠다는 뜻이기도 했다.

"그렇다고 해서 애먼 사람 멱살을 잡은 건 그냥 넘어갈 일이 아니지."

"내가 알 바 아니라면서?"

"네가 먼저 공격한 거잖아."

"옆에 알짱거리길래 뭔가 싶어서 잡았을 뿐이야. 사람인 줄은 몰랐고."

불쾌하다. 헬리는 무척 불쾌하다고 생각했다.

칸과 이런 식으로 부딪치는 게 한두 번이 아니었다. 그들이 드셀리스 아카데미를 다니면서 선샤인 시티 스쿨의 늑대인간들과 부딪치는 거야 당연히 정해진 숙명이었다.

헬리는 그저 그 갈등이 더 크게 폭발하지 않게 최선을 다할 뿐이었고, 그 점에서는 칸과 생각이 일치해서 그나마 나은 놈이라 생각했는데 정정해야겠다. 헬리는 저놈이 싫었다.

'안개가 된 수하를 눈치채다니.'

그건 뱀파이어 형제 중에서도 헬리만이 할 수 있는 일이었는데 저놈은 뭔데 수하를 알아보고 안개 속에서 끄집어냈단 말인가. 그것도 멱살을 잡는 무례한 방식이라니.

헬리는 새롭게 칸이 짜증 나기 시작했다. 다시 생각하니 더 짜증 난다. 이렇게 은근슬쩍 미묘하게 불쾌한 존재도 없을 것이다.

"그 뛰어난 후각이 사람인지 뱀파이어인지 구분을 참 잘하던데 이번에는 기능을 상실했어?"

어라, 이거 이상하다. 뒤에 남아서 여차하면 헬리를 도울 준비를 하던 솔론이 당황했다.

'저 형 왜 저래?'

늘 흥분해서 날뛰는 동생들을 진정시키고 가라앉히던 형이 오늘은 잔뜩 날이 서서 칸을 노려보고 있었다.

저러면 싸우자는 건데. 물론 솔론은 환영이었지만, 헬리가 하지 않던 짓을 한다는 건 특이한 일이었다.

"요즘같이 흉흉한 때에는 후각에만 의존하지 않고 직접 눈으로도 확인하는 게 제일 낫더라고. 특히 이 주변은 말이지."

헬리의 짙은 눈썹이 꿈틀거렸다. 저게 아마 본론일 거다. 칸이 이곳에 굳이 혼자, 그것도 뱀파이어들이 활동하는 시간인 밤에 맞춰 당당하게 방문한 이유이자 본론.

"시체가 나왔다던데."

"무슨 시체?"

헬리는 무덤덤하게 물었다.

"뉴스 좀 보고 살아. 리버필드 시에서 피가 다 빨린 시체가 두 구나 발견되었다는데, 그걸 왜 몰라? 다른 사람은 몰라도 너희는 알아야지."

칸은 표정 하나 바꾸지 않고 조용히 말했다.

"그래서, 우리가 범인이다, 이거야?"

"나는 그렇게 말하지는 않았는데. 범인이라는 단어를 먼저 들먹이는 걸 보니 찔리나?"

뒤에서 보고 있던 솔론은 이쯤에서 칸의 얼굴에 주먹을 날리고 싶었지만 헬리가 꿈쩍도 하지 않았기에 참았다. 헬리는 찌푸려진 눈썹을 문질렀다.

"지금 내가 돌려 말할 기분이 아니니 본론부터 말하겠는데, 우리 중 하나가 범인이었으면 시체는 예전부터 계속해서 쌓이고 쌓였을 거야."

"여태까지 잘 숨기다가 이번에 실패한 건 아니고?"

"그럼 네 잘난 후각으로 어디서 시체 썩는 냄새가 나는지 찾아보든가."

"안 그래도 그럴 참이었어. 양해해준다니 고맙네."

결국 이 말을 하려고 찾아왔던 거다. 헬리는 칸이 이곳에 와서 굳이 그의 얼굴을 보고 말하는 이유를 잘 알았다. 일종의 경고다.

"다른 건 몰라도 사람이 뱀파이어에게 당해 죽어나가는 건 그냥 두고 보지 않겠어."

"딱히 네 의견에 동의하고 싶지는 않지만 그 의견만은 우리도 동감이라, 여태까지 쭉 조용히 지내왔는데 이렇게 모함을 받는다니 슬프네."

전혀 슬프지 않다 못해 귀찮아 죽겠다는 표정으로 헬리가 대꾸했다.

"헬리. 경고는 한 번이야."

오늘은 그저 말을 하러 온 것이지, 다음에 또 이런 식으로 뱀파이어가 사람을 죽인 게 명백한 사건이 일어난다면 그때는 곧장 충돌이라는 뜻이었다.

"나는 경고 따위는 하지 않는 성격이라는 걸 참고해, 칸."

헬리는 그렇게 말하며 돌아섰다. 상대에게 등을 보이는 건 죽여달라는 행위나 다름없지만, 헬리가 돌아선 것은 그만큼 자신이 있기 때문이다.

더구나 지금 그의 기분으로는 칸이 공격해주는 게 훨씬 나았다. 적어도 수하의 멱살을 잡은 손만큼은 꺾어버리고 싶었기 때문이다.

그걸 아는 건지, 아니면 할 말은 다 했기 때문인지 칸은 그를 잠시 바라보다가 곧 어둠 속으로 사라졌다.

"형."

"늑대들이 학교 근처를 기웃거리면 가만두지 마."

중얼거리고 가는 헬리를 솔론이 무척 놀란 눈으로 쳐다봤다. 웬만하면 참아라, 싸우지 마라, 눈에 띄는 짓은 안 하는 게 좋다고 타이르던 형이 저런 소리를 하다니.

"……진짜 화났네."

솔론은 혀를 내둘렀다.

헬리의 보폭이 넓고 걸음은 빠르다. 멀리서 보고 있던 이안은 그가 어지간히 짜증이 났다는 걸 알아차리고 가장 먼저 가까이 왔다.

"수하는?"

"좀 놀란 거 빼곤 괜찮아."

"우리가 놓친 하급 뱀파이어가 있었던 모양이야. 그놈들이 일을 저질렀어."

사람을 건드렸다는 소리다. 이안의 얼굴이 파삭 굳었다.

"시체가 발견됐대."

"……피가 없는? 나 검색 좀 해봐야겠다. 자카가 알고 있을 텐데."

"오늘 내내 수하 신경 쓰느라 다들 그럴 겨를이 없었잖아."

헬리는 빠르게 말하며 수하가 있는 쪽을 바라보았다. 그녀는 자카에게 뭔가를 물어보며 주먹을 앞으로 내질러보고 있었다.

"뭐 하는 거야?"

"아까 한 대도 못 때려서 너무 속상하다고 때리는 법 좀 가르쳐달래."

이안이 씩 웃으며 대답했다. 수하가 씩씩대는 걸 보고 꽤나 마음에 든 모양이다.

"배우지 않아도 제법 하던데."

"배우지 않아도 하급 뱀파이어는 대충 상대 가능하면, 배운 다음엔 얼마나 엄청나겠어?"

"은근히 기대하는 것 같다, 너."

"응. 기대 중이야. 솔직히 형이 쟤한테 왜 신경 쓰는지는 알 겠지만 나는 아니었는데, 재미있는 애네. 승부욕이 있다는 게 마음에 들어."

이안은 어깨를 획획 돌리며 말했다.

"……그래."

그건 헬리도 마찬가지였다.

"수하를 데려다준 다음에 다들 좀 모이라고 해야겠어."

헬리가 중얼거리자 이안이 그를 돌아보았다.

"아까 그놈 때문에?"

"아니, 시체 때문에."

무슨 뜻인지 바로 알아들은 이안은 미간을 찌푸렸다.

"나는 여기서 떠나기 싫어."

의심받으면 떠나고, 수틀리면 떠나고, 계속해서 떠돌다가 겨 우 정착한 리버필드 시다. 헬리는 씁쓸하게 웃었다.

"나도 그래."

그리고 떠나기 싫은 이유에 하나가 더 추가되었다.

헬리는 열심히 주먹을 내질러보다가 그를 발견하곤 어색하 게 손을 흔드는 수하를 바라보았다.

제8화

전학생은 평범하고 싶다
part 8

웬만큼 힘을 기르고 성장한 뱀파이어 소년들에게도 하급 뱀파이어들이 자꾸 나타나는 건 불길한 징조이자 피하고 싶은 일이었다.

칸이 그들을 찾아온 밤, 결국 소년들은 하던 일을 모두 중지하고 한데 모였다.

얼떨결에 칸과 마주쳤던 수하를 다시 데려다주고 온 헬리는 그녀에겐 결코 하지 못했던 말을 아무래도 형제들 앞에서 해야 할 것 같다고 생각했다.

"칸의 말이 사실이긴 해."

그동안 리버필드 시에 관한 기사들을 샅샅이 확인한 자카가 무겁게 중얼거렸다.

"나도 살인사건이 있었다는 기사는 읽었어."

뱀파이어 소년들 몇몇이 고개를 끄덕이며 읽었다고 말했다.

그들이 서로에게 말하지 않은 건, 쓸데없이 사소한 일로 호들 갑을 떨고 싶지 않았기 때문이다. 하지만 리더인 헬리가 그들을 이 일 때문에 불러 모았으니 더 이상 사소한 일이 아니었다.

지노가 턱을 긁적이며 입을 열었다.

"우리가 범인으로 의심받고 있다는 건 알겠지만, 우리를 의심하는 건 선샤인 시티 스쿨 애들이지 경찰이 아니잖아. 그러니까 이런 일이 일어났다고 불안해할 필요는 없지 않아?"

이젠 그럴 단계는 지나지 않았나. 모두가 그 말에 동의했지만, 헬리는 대답하지 않았다. 그는 내내 팔짱을 낀 채 입을 다물고 있었다. 복잡한 생각이 머릿속에서 끊이질 않는다.

"……아니, 그래도 헬리 형이 이상하다고 생각하면 이상한 거니까."

자카가 침착하게 말하자 분위기가 싹 가라앉았다.

여태까지 판단은 형들이, 특히 헬리가 했다.

그가 결정한다 해서 무조건 따르지 않을 때도 있었지만, 투닥거리고 싸우다가 헬리가 말하는 대로 해야 했다고 후회하는 순간이 꼭 왔다. 그러니 이젠 모두가 헬리의 결정에 암묵적으로 동의하고 따르는 게 규칙이 되었다.

"짐 싸야 해?"

눈동자를 또록또록 굴리며 눈치를 보던 시온이 물었다.

"싸야 하면 바로 쌀게."

그러겠다고 말은 하면서도 못내 시무룩해진다. 시온은 리버필드 시가 아주 마음에 들었다. 나이트볼도 즐거웠고, 평범하고 조용한 나날을 보내는 게 즐거웠다. 사실은 떠나고 싶지 않았다.

"아니, 아직은 그러지 마."

헬리는 고개를 저었다. '아직'이라고 단서를 붙여놨지만 자카나 솔론은 아마 슬슬 물건을 정리하기 시작할 거다.

하급 뱀파이어들이 주변에 얼쩡거리고, 애먼 사람들이 죽어나가면 살고 있는 곳을 떠나야 한다는 신호였다.

그들은 그렇게 기억이 있을 때부터 살아왔던 보육원을 떠나왔다. 계속 정체를 알 수 없는 습격자들로부터 도망쳐왔다.

"너무 섣불러. 만약에 우리가 여길 떠난다면, 순식간에 일곱 명이 행방불명이 되는 거야. 사라지려고 한다면 이젠 신중하게 한두 사람씩 오랜 시간을 두고 사라져야 해."

그만큼 그들은 드셀리스 아카데미에서 상당한 유명인사가 되어 있었다.

"게다가 그런 식으로 사라진다면 우리 때문에 피해 입을 사람이 한둘이 아니야."

나이트 클래스를 가르치는 선생님들은 물론이고 최근 가까워진 수하까지도 포함이다.

그녀에게도 하급 뱀파이어들이 들이닥치는 상상을 하자 끔찍해진 헬리는 눈을 질끈 감았다가 다시 떴다. 그러곤 조용히 마음에 담아두었던 말을 꺼냈다.

"······일단은 보육원으로 가볼까 해."

소년들이 전부 다 고개를 들고 그를 쳐다보았다.

"거길? 왜?"

"거기가 지금······, 건물이 남아는 있나?"

"나는 어딘지 이젠 정확하게 기억도 안 나. 형들은 기억나?"

일제히 쏟아지는 말들에 이안이 고개를 끄덕이며 대답했다.

"우리야 알지."

그래도 나이가 조금 더 많다고 동생들을 잘 돌보는 형 역할을 해왔던 헬리나 이안, 그리고 지노까지는 뱀파이어 소년들이 자라난 보육원의 정확한 위치를 기억하고 있었다. 말이 보육원이지 그곳에 있던 아이들은 그들 일곱 명이 전부였지만 말이다.

"근데 거기 가서 뭘 하려고?"

여태까지 침묵을 지키고 있던 솔론이 물었다. 무뚝뚝하게 입을 다물고 항상 상황을 살피다 필요한 것을 말하는 그답게 가장 핵심적인 질문이었다.

습격을 당해 도망쳐 나온 보육원에 지금 왜, 뭐 때문에 돌아가는가.

헬리는 턱을 괴고 있다가 짧게 대답했다.

"이 모든 일이 우연인지, 아니면 우리가 알지 못하는 어떤 원인이 있는 건지, 그곳에서 알아낼 수 있는 실마리가 있을까 싶어서."

소년들은 정말 아는 게 없었다. 그들에게 말해줄 이들은 보육원에서 전부 죽었을 거다, 아마. 습격해오는 끔찍한 하급 뱀파이어들과 그보다 더 강력한 뱀파이어들에게 당해서 죽었을 테지.

소년들은 사방에 비명이 메아리치던 밤을 기억하고 있었다.

"선샤인 시티 스쿨 애들 때문도 아니고, 단순히 하급 뱀파이어들이 이 도시에 나타났기 때문도 아니야."

솔론은 헬리를 한참 보다가 먼저 결론을 말했다.

"수하 때문이구나."

수하가 나오는, 일종의 꿈인지 환상은 뱀파이어 소년들도 전부 몇 번씩 경험했다. 서로가 함께 공유하는 어떤 기억인가 했지만 말 그대로 단편적인 꿈에 불과했기 때문에 의미가 없었는데, 수하가 나타남으로써 상황이 달라졌다.

"수하를 의심하는 거야, 형?"

솔론의 오드아이가 번쩍거렸다. 의심을 할 법도 했다. 솔론 역시 수하를 필요 이상은 아니더라도 어느 정도는 거리를 두고 있으니까.

"그건 아니야."

헬리는 솔론의 질문에 고개를 저었다. 누가 봐도 수하는 그냥 아무것도 모르는 평범한 소녀였다. 오히려 저렇게 몰라서 괜찮으려나, 하고 걱정이 될 지경이었다.

"수하를 만나고부터 하던 생각이야. 하급 뱀파이어라는 존재가 또다시 우리에게 가까워졌다는 건 알고 있지만, 사실 그들 뒤에 뭐가 있는지는 우리도 모르잖아."

'하급 뱀파이어가 있다면, 중급 뱀파이어나 상급 뱀파이어도 있는 걸까?' 하고 서로 농담하듯 물었지만 소년들은 언제나 그랬듯 계속 답을 찾아낼 수가 없었다.

그들의 정체를 의심하거나 또 어디에선가 예고도 없이 불쑥 튀어나오는 하급 뱀파이어들을 피해 도망치고 또 도망치기 바빴다.

"분명하게 아는 거 하나는 있지. 우리를 죽이려고 하는 존재가 있다는 것."

솔론은 음울하게 중얼거렸다.

"그리고 그 존재가 높은 확률로 우리와 같은 뱀파이어라는 것."

붉은 머리카락을 만지작거리며 생각에 잠겼던 지노가 말을 보탰다.

"같지는 않아. 우리보단 약하잖아."

그 정도는 겁날 거 없다고 막내답게 주장하는 노아가 발끈했다.

"이젠 약해진 거지. 더 센 놈이 나타나지 말란 법이 어디 있어? 하여튼 나는 헬리 형이 어딜 가든 그건 형 마음이라고 생각해. 조심해서 갔다 와."

지노는 픽 웃으면서 자리에서 일어났다가 헬리가 그를 빤히 보자 주춤거렸다.

"⋯⋯왜?"

"너도 같이 가."

"나? 나는 왜?"

"넌 딱히 바쁘지도 않잖아."

"나는 연습할 건데?"

"연습 하루 이틀 더 한다고 해서 네가 나이트볼 천재가 되는 건 아니잖아. 짐 싸."

헬리는 냉정하게 말하며 몸을 일으켰다. 그냥 움직이는 게 귀찮았던 지노는 우는소리를 하며 비틀대는 걸음으로 방으로 들어갔다. 시온이 웃으면서 그의 등을 토닥인다.

"이안."

헬리가 이안을 불렀다.

"어. 수하는 보고 갈 거냐?"

이안이 목소리를 좀 더 낮춰서 헬리에게 묻자, 그는 고개를 끄덕였다. 당연히 보고 가야지. 헬리의 이마가 미세하게 찌푸려졌다.

"칸이랑 마주쳤으니 당연히 가기 전에 보고 가야지. 네가 신경 좀 써줘."

헬리가 없으면 이안이 리더 역할을 대신해야 했다. 소년들이야 각자 알아서 잘하지만, 지금 상황이 그냥 자리를 비우기엔 조금 불안했다.

"사실 이안 네가 같이 가줬으면 좋겠는데, 저 선샤인 시티 스쿨에서 칸이 저렇게 온 이상 너와 내가 한꺼번에 빠지면⋯⋯."

"우리 애들이 무슨 짓을 저지를지 모르지."

헬리의 말을 받은 이안이 고개를 끄덕였다.

"너도 조금만 자제해줘."

"아⋯⋯. 알았다. 참아볼게. 참아야지."

이안의 성격에 선샤인 시티 스쿨의 도발을 참는 것도 힘들겠지만, 못 참을 건 없었다. 그저 짜증 나게 거슬리는 걸 내버려 둬야 한다는 것이 유감일 뿐.

"상황이 지나치게 우연이긴 하네. 헬리 네가 심란하긴 하겠다."

계속 꾸던 오랜 꿈과 갑자기 나타난 하급 뱀파이어들.

그들의 소중한 곳을 파괴했던 이들도 하급 뱀파이어를 잔뜩 끌고 나타났었다.

"너무 오래되긴 했는데, 보육원에 뭐 남아 있는 게 있을까?"

중얼거리던 이안이 물었다.

"가보기나 하려고."

무엇을 찾을지는 모르겠지만.

"이제야 가게 되네."

"무슨 생각을 하는지는 알겠는데 죄책감은 갖지 마라. 우리는 돌아가고 싶지 않아서 안 돌아간 게 아니야. 돌아갈 능력이 안 된 건데 그건 잘못이 아니잖아."

얼굴을 확 굳힌 이안의 말에 헬리는 힘없이 픽 웃어 보였다.

"고맙다."

"고맙긴 무슨, 다른 애가 똑같은 소리 했으면 너도 나처럼 말할 거잖아."

그러니까 잘 다녀오기나 해. 이안은 헬리의 어깨를 툭 쳤다.

☾

수하는 꼭 잠자리에 들 때 입는 옷을 바꿔야겠다는 소박한 생각을 하고 있었다.

"급하게 불러내서 미안해. 어젯밤 일은 괜찮아?"

갑자기 보자고 수하를 불러낸 헬리는 그녀가 어떤지 세심하게 살폈다.

"응, 난 괜찮아. 솔론이랑 노아한테 호신술을 배우기로 했어."

수하가 양 주먹을 불끈 쥐어 보이자 헬리가 웃었다.

"나도 가르쳐주고 싶어."

"응! 나야 고맙지!"

"그런데 지금 당장은 안 되고."

할 말이 있다기에 잠깐 나왔는데, 할 말이란 게 뭘까? 아무래도 헬리가 지금 얘기하려는 것 같아서 수하는 그를 빤히 바라보았다.

"내가 잠깐 어딜 갈 거야. 한 며칠 없을 것 같아. 금방 오겠지만, 그 사이에 어제 같은 일이 또 있을까 봐."

"어……, 멀리 가?"

생각지도 못한 말에 수하는 조금 당황했다.

"응. 좀 멀리. 비행기 타고. 금방 올 거야. 연락할게."

왜 가는지, 어딜 가는 건지는 이야기해주지 않는다. 수하는 아직까지는 그런 걸 물어볼 사이는 안 되는 것 같아 조금 의기소침해졌다. 하지만 괜히 꼬치꼬치 묻는 건 실례겠지.

"내가 없는 동안에는 어제 본 애들 있지?"

"응, 나이트볼 주전들."

"그래. 내 동생들이 널 데리러 올 거야. 혹시나 싶어서 오는 거니까 거절하지는 않았으면 좋겠어. 안전에 관한 일이거든."

어젯밤에 저도 모르게 안개가 되었다가 칸에게 봉변을 당했던 수하는 당연하다는 듯이 고개를 끄덕였다.

"응. 안개화 연습 열심히 할게. 네가 왔을 때 꼭 성공한 거 보여줄게!"

꼭 그런 의미로 한 말은 아니었는데. 헬리는 쓴웃음을 지었다.

"굳이 성공하지 않아도 괜찮아."

"그래도 열심히 할 거야!"

어제 칸에게 멱살이 잡히는 험한 일을 겪어서 걱정했는데, 의욕이 넘치고 씩씩하니 다행이다.

헬리는 그 일을 생각하니 또 불쾌해졌다. 그래, 불쾌하다. 무시해야 하는데 짜증 나게 거슬려서 아예 싹 닦아다 치워버리고 싶다. 수하에게서 흔적도 남지 않게, 완전히 없애고 싶었다.

"수하야, 선샤인 시티 스쿨에서 또 시비 걸면……."

"꼭 한 대 때릴 거야!"

"아니, 그러면 안 되고……."

"아, 응. 그러면 안 되지."

항상 조심했는데 요즘 헬리도 만나고 '너는 이상한 게 아니라 특별하다'라는 소리를 들어서 좀 들떴나 보다. 수하는 어쩐지 부끄러워져서 다시 고개를 숙였다. 그러자 헬리가 그녀를 따라 고개를 같이 숙여 시선을 맞췄다.

"아직은 그러면 안 돼. 능력을 다 갖춘 게 아니니까. 무슨 일 있으면 나한테 연락하고, 내 동생들한테 말해. 알지? 어차피 그 애들이 주변에 다 있을 테니까."

"응. ……잘 다녀와."

"그래. 선물 사 올게."

"안 사 와도 되는데."

"사 올 건데. 사 올 거니까 어제, 칸, 그……, 애는 특히……, 조심했으면 좋겠어."

그 '애'가 아니라 '그놈'이라고 할 뻔했다. '조심해라'가 아니라 '마주치지도 말고 눈길도 주지 말아 달라'고 하고 싶었다.

헬리는 혀를 지그시 깨물었다. 그런 말을 입 밖에 내는 거야말로 미친놈 아닌가. 수하와는 만난 지 얼마 되지도 않은 사이인데, 그가 감히 선을 넘을 수는 없었다.

"응. 조심할게. 약속해."

그의 속마음은 전혀 모른 채로 수하가 열심히 고개를 끄덕인다. 헬리가 언제 돌아오는지 몰라 서운했지만, 그래도 가기 전에 그녀에게 잠깐 들렀다는 건 그만큼 생각해준다는 의미겠지? 괜히 얼굴이 빨개지고 열이 올랐다.

"잘 다녀와."

헬리는 수하의 말에 쉽게 대답하지 않고 한동안 그녀를 물끄러미 바라보았다.

왜지? 얼굴에 뭐가 묻었나? 아닌데, 분명히 거울 보고 꼼꼼하게 확인하고 왔는데!

"······잘 지내고 있어. 밥 잘 먹고, 잘 자고. 연락할게."

얼굴이 뚫어질 지경으로 그녀를 바라보던 헬리는 마지못해 가는 것처럼 떠났다.

이제 조금 가까워지나 했는데 먼 곳에 간다니 아쉽다. 하지만 곧 돌아온다고 했으니까.

수하는 헬리에게 손을 흔들어주었다.

☾

음. 재미없다. 헬리가 떠난 지 하루도 안 되었는데 갑자기 모든 게 재미없어졌다.

하긴 그녀의 룸메이트 알렉스의 말을 빌리자면, '얼굴만 봐도 재미있는' 헬리여서 그랬나 보다. 아니면 수하가 하루 중 헬리를 만나는 시간을 지나치게 기대했거나.

"에휴."

정신 차려야지. 수하는 주머니에 손을 찔러 넣고 터벅터벅 걸어갔다.

헬리가 있건 없건 안개화 능력은 연습해야 했고, 주변 친구들은 죄다 그녀가 나이트볼을 하게 된 줄 알고 있기 때문에 오늘도 연습장으로 가는 중이다. 이안이 데리러 오겠다고 했지만 그건 어쩐지 쑥스러워서 거절했다.

그녀는 광장을 가로질러 연습장을 향해 걸어갔다. 수업이 끝나기 시작하는 시간이라 그런지, 광장에는 드셀리스 아카데미며 선샤인 시티 스쿨 학생들로 북적거렸다.

'조심하랬지.'

수하는 그림자가 늘어진 광장 가장자리를 골라 밟았다. 교복을 입고 삼삼오오 모인 학생들의 말소리가 그만큼 멀어진다.

오늘은 안개가 될 수 있을까? 잠들지 않고 안개가 될 수 있다면, 잠든 후에는 무의식중에 안개가 되는 일이 그만큼 줄어들까?

이런저런 생각을 하던 그녀는 문득 고개를 들었다. 그러곤 멈칫거렸다.

'아, 하필 또 이렇게 마주칠 건 뭐람.'

햇볕을 받아 반짝반짝 빛나는 잿빛 머리카락 아래 밝은 갈색, 아니, 황금색으로 빛나는 눈이 그녀를 먼저 발견한 게 틀림없었다.

나이트볼을 하는 애들은 다 저렇게 키가 클까? 수하도 움찔거릴 정도로 키가 크고 단단한 몸을 가진 칸이 몇 걸음 떨어진 곳에서 그녀를 조용히 보고 있었다.

'······무시해야지.'

일단 지금은 부딪쳐봤자 그녀가 때려줄 수도 없는 상대란 걸 어제 똑똑히 알았고, 또 헬리도 조심하라고 했다. 지금 이 벌건 대낮에 주변엔 사람들이 어마어마하게 많다는 게 차라리 다행이다. 그렇다면 저 늑대인간도 함부로 움직이지는 못하겠지.

"저기."

아닌가? 수하는 칸이 성큼성큼 걸어오는 걸 보고 경악했다. 그는 정확하게 그녀에게 말을 걸고 있었고, 또 그걸 주변에 있는 학생들이 슬쩍 보고 있었다.

하긴 헬리와 마찬가지로 잘생기고 키도 큰 데다가 유명한 선샤인 시티 스쿨 나이트볼 주장이니 당연하겠지만 말이다.

"잠깐만. 어제 일을 사과하고 싶어서 그래."

수하는 이걸 어째야 하나 고민했지만, 칸은 그녀가 도망치거나 피할 기회도 주지 않았다.

분명하게 용건부터 밝히고 본 그는 저보다 한참 작은 수하를 보며 몹시 난감한 표정을 지으며 괜히 머리를 쓸어넘겼다.

"어제는 미안했어. 어디 다친 데는 없어?"

진심이 깃든 낮고 부드러운 목소리에 수하는 조금 놀라서 그를 쳐다보았다.

"사과하고 싶었어. 내가 다치게 했다면 정말 미안해."

환한 낮에 보니 수하는 더더욱 작아 보였다. 물론 그녀가 작은 키는 아니지만, 칸이 상대적으로 훨씬 크다는 게 문제였다.

"괜찮아?"

몹시 미안해하는 목소리와 태도에 수하는 어안이 벙벙했다.

제 9 화

전학생은 평범하고 싶다
part 9

나이트볼, 아니, 정확히는 드셀리스 아카데미 나이트볼 주
전들의 팬인 알렉스는 수하의 룸메이트였고, 덕분에 수하는
드셀리스 아카데미와 선샤인 시티 스쿨 사이의 전적이 어떻게
되는지 모조리 알 수 있었다.

'나이트볼의 원조는 선샤인 애들이라고 할 수 있지. 여태까
지 우승컵을 한 번도 놓치지 않았거든.'

그런데 그 전설이 깨진 게 드셀리스 아카데미에 주전 일곱
명이 등장하기 시작하면서부터란다. 선샤인 시티 스쿨은 계속
우승컵을 놓치고, 놓치고, 또 놓쳤다.

'선샤인 애들이 무지 자존심 상했을 거야. 그래서 시내에서
마주치기만 하면 분위기가 꽤나 살벌한 모양이더라고.'

알렉스는 그쪽 주전들도 참 잘생겼는데, 라며 유감을 표했

다.

하지만 수하는 나이트볼뿐만 아니라 그 뒤에 숨겨진 이야기까지 알고 있다. 각 학교의 주전들은 단순히 스포츠 하나 때문에 으르렁대는 게 아니었다.

"괜찮아?"

조심스럽게 물어보는 이 남자애, 선샤인 시티 스쿨 나이트볼 주전인 칸은 늑대인간. 그리고 수하가 지금 얼떨결에 가까이 지내게 된 드셀리스 아카데미 나이트볼 주전들은 뱀파이어가 맞는 것 같다.

사람을 물어 죽이는 하급 뱀파이어와는 전혀 다르다고는 하지만, 칸이나 예전에 봤던 나자크인가, 아무튼 늑대인간들의 반응을 보면 뱀파이어는 맞는 게 분명하겠지.

'엄청나게 복잡하네.'

어쩌다가 수하의 주변이 이렇게 많은 사람과 복잡한 관계로 뒤덮이게 된 걸까. 힘들거나 싫지는 않았지만, 처음 겪어보는 일이라 조금 당황스러웠다.

"……나 다치지 않았어."

수하는 조금 고민하다가 불쑥 말했다. 사실 말하고 싶지 않았지만, 그녀를 살피는 칸의 눈에 너무나 미안한 감정이 가득한 게 선명히 보였기 때문이다. 저렇게 미안해하는 사람은 또 처음 봤다.

"내가 그때 꽤 세게 잡은 거 같았는데, 정말 괜찮아?"

칸은 자신의 신체조건을 아주 정확하게 알고 있었다. 그가 가진 근력으로 수하를 붙잡았으니 뼈가 부러지거나 금이 가지는 않았나, 뒤늦게 신경이 쓰였다.

"아프지 않았어? 미안해."

헬리는 칸을 '특별히 조심하라'고 했다. 하지만 왜? 그냥 겉보기엔 평범하게 미안해하는 또래로 보이는데.

수하는 여기까지 생각하다가 다시 정정했다. 아니, 칸은 '평범'한 외모는 아니다. 나이트볼 경기장에 도대체 뭐가 있는지는 몰라도 나이트볼을 하는 남자애들은 제각기 잘생겼다. 그러니까 평범한 건 아니지.

"아프긴 했지."

가만 생각하던 수하가 툭 말을 던지자 칸은 더더욱 어쩔 줄 몰랐다. 쟤 진짜 미안해하는구나.

"근데 나도 너 밀쳤잖아."

그럼 동률 아닌가? 수하는 그렇게 생각했지만 칸은 아닌가 보다.

"그건 넌 정당방위고, 아무튼 미안해. 안개인 줄 알았는
데⋯⋯."

안개인 줄 알았는데 알고 보니 사람이었다, 라는 말이 완성
되기도 전에 수하가 화들짝 놀라며 칸의 팔을 잡아챘다.

"야, 누가 들으면 어떡하려고⋯⋯!"

"듣는 사람 없어."

목소리도 작게 말했고. 칸은 무뚝뚝하게 말했지만 수하는
주변을 살폈다.

"듣는 사람은 없어도 보는 눈은 있단 말야!"

조심해야지. 특히 나이트볼 주전들은 어느 학교나 다 팬들
이 많아서 이렇게 탁 트인 대낮에는 더더욱 조심해야 했다.

"보는 눈이 뭐?"

칸이 이상하다는 듯 수하를 쳐다보았다.

"너도 널 보는 사람이 많잖아. 숨긴다고 해서 숨겨질 능력도
아니고."

그녀는 어쩐지 말문이 막혔다. 칸이 픽 웃으면서 하는 이야
기는, 꼭 헬리가 그녀에게 했던 '특별하다'는 말과 일맥상통하
는 것처럼 들렸다.

"게다가 넌 인간인데, 그런 능력을 어떻게 가지고 있어?"

칸은 상당히 신기해했다.

"뭐야……, 그럼 내가 인간이지, 뭐, 이상한 귀신으로 보여?"

수하는 그의 팔을 얼른 놓으면서 퉁명스럽게 말했다.

"너한테서는 냄새가 안 나."

냄새? 냄새라니! 당연히 나지 말아야지! 매일 뽀득뽀득 샤워한다고! 섬유유연제도 향이 제일 좋은 걸로 골라서 부지런히 세탁한단 말이야! 도대체 사람을 뭘로 보고!

특히 헬리와 마주하기 시작한 이후로 수하는 잠옷과 운동복에 더 신경 썼다. 오늘 안개화 연습을 하러 갈 때 입을 운동복에서도 포근한 파우더 향이 났다.

"아니. 내 말은, 뱀파이어 냄새."

시시각각으로 바뀌는 수하의 얼굴에서 그녀가 무슨 생각을 하는지 고스란히 드러났다. 칸은 서둘러 정정했다. 그러니 수하의 눈이 커진다. 이 애는 도무지 표정 관리라곤 할 줄을 몰랐다.

그럴 필요가 없는 삶을 살아왔겠지. 나름대로 평범하고 평온한 삶이었을 거다. 그런데 어떻게 뱀파이어들과 엮인 거지? 칸은 알 수 없었다.

"냄새가 난다고? 그런 냄새 안 나는데?"

헬리한테서는 알렉스가 도대체 무슨 향수를 쓰는지 알아내라고 성화를 할 만큼 좋은 향기가 났다. 약간 싸늘한 것 같으면서도 기분 좋은 향이다. 다른 주전들도 비슷하던데, 냄새라니?

"뱀파이어들은 특유의 체취가 있어. 너한테도 좀 묻어 있고. 가까이 지내나 봐?"

"……내 친구야."

비록 헬리는 수하를 어떻게 생각할지 조금 자신이 없었지만, 그녀는 주먹을 꾹 쥐고 말했다. 그녀에게 생전 처음으로 특별하다고 말해준 사람이니까 소중한 친구였다.

"친구랑 가까이 지내는 건 당연한 거 아냐?"

"친구도 친구 나름이지. 뱀파이어는 좀 아니지 않아?"

수하는 입을 앙다물고 한 번 숨을 크게 들이마셨다. 아무래도 눈앞에 있는 이 커다란 남자애는 그녀를 은근히 약 오르게 하는데 탁월한 재주가 있는 모양이다.

"그러는 너는 늑대인간이라며? 너는 뭐 다른 줄 알아? 나한테는 뱀파이어나 늑대인간이나 다 똑같거든?"

절대로 아무도 들을 수 없게 아주 낮은 목소리로 속삭이면서도 수하는 칸을 노려보았다.

"……똑같다고?"

"그래! 좀 특이한 거지 그게 뭐!"

말하다 보니 수하 스스로도 납득이 되었다.

그래. 그녀도 좀 특이한 거지 그게 뭐 어쨌다고. 사람을 죽이길 했어? 뭐 해를 끼치길 했어? 해를 끼치고 죽이고 다니던 건 그녀가 보고 싶지 않아도 강제로 안개가 되어 보았던 하급 뱀파이어들이다.

"너 진짜 특이하구나."

칸은 수하를 가만히 보다가 감탄했다.

"그래, 그렇다니까. 너 여태까지 내 말은 뭐로 들은 거야?"

"그럼 뱀파이어와도 친구가 될 수 있으면, 늑대인간도 상관없어?"

저건 도발이었다. 놀리듯 하는 말이었지만 수하의 귀에는 도발로 들렸다. 얘는 왜 만날 때마다 그녀를 약 올리지 못해 안달일까. 수하는 턱을 치켜들었다.

"상관없어!"

수하는 이 순간부터 스스로를 임시 평화주의자이자 박애주의자라고 지칭하기로 했다.

헬리가 조심하라고 했지만 일단은 밀리지 않는 것도 중요하잖아? 그러니까 조심하면서 절대 지지도 말자!

"그래, 그럼 나랑도 친구 하자."

"그래!"

오기로 똘똘 뭉쳐서 일단은 대답하고 봤다. 칸이 생각 외의 대답을 들었다는 듯 눈을 크게 떴다.

한방 먹였다! 수하는 몹시 뿌듯했다. 친구가 뭐 별건가? 오며 가며 인사하는 게 친구지, 뭐.

물론 헬리는 그녀에게 조금 다른 의미로 친구였다. 좀 더 특별하고 소중한 친구. 그러니까 칸과는 당연히 달랐다.

더구나 선샤인 시티 스쿨 학생인데, 마주쳐봤자 얼마나 마주치겠다고.

☾

짧다고는 할 수 없는 비행시간을 마치고 헬리와 지노는 대단히 오랜 세월이 흐른 후에 다시 옛 고향을 밟았다.

고향이라고 하는 게 맞겠지. 태어난 곳인지는 모르겠지만, 어쨌든 일곱 소년은 이곳에서 기억이란 게 있을 때부터 자랐다.

밤필드 보육원.

키우는 아이들이라곤 일곱 명이 전부고, 아이들보다 직원들이 더 많았으며, 직원들도 아이들도 나이가 들지 않는 괴상한 곳이었다.

사람들의 눈을 피해 조용히 지내던 어느 날, 습격을 받고 보육원은 그 기능을 상실했다.

"조심해, 형."

지노가 멀리 보며 중얼거렸다.

"습격이야 한참 전이라고 쳐도, 이 일대가 전부 다 하급 뱀파이어들 손에 들어갔을 수도 있잖아."

그들의 목숨을 위협하던 하급 뱀파이어들이 득실댈 가능성에 대해 생각해보던 헬리는 픽 웃었다.

"딱히 겁이 나지는 않는데."

울면서 도망치기 급급했던 소년들은 이젠 하급 뱀파이어쯤이야 아무렇지도 않게 처리할 수 있는 능력을 갖췄다.

"그건 나도 그런데, 귀찮은 게 싫어."

지노는 심드렁하게 말했다.

"그리고 그런 피라미들의 배후에 뭐가 있는지 알 수 없잖아."

하급 뱀파이어들이 왜 조직적으로 움직이며 보육원을 습격했나. 늘 혼자서, 아니면 잘해야 둘씩 움직이는 뱀파이어들이 그때는 왜 떼로 쏟아져 들어왔을까.

보육원을 탈출했을 때부터 지금까지 소년들은 그때를 제외하곤 하급 뱀파이어들이 단체행동을 하는 건 한 번도 보지 못했다. 그들은 꼭 명령을 받은 것처럼 움직였다.

'그리고 아마 보육원에 하급 뱀파이어 말고도 다른 존재가 왔을……'

헬리는 생각하다 말고 고개를 가로저었다. 의문은 한두 개가 아니다.

"그런데 시간이 너무 많이 지나서 흔적이나 남아 있을지 모르겠네."

헬리의 사념을 뚫고 지노의 한가한 목소리가 들려왔다. 지노는 보육원으로 돌아가는 여정을 마치 가벼운 나들이처럼 생각하고 있었다. ……아니면 그렇게 생각하려고 필사적으로 노력하고 있거나.

"왜, 그런 거 있잖아. 흉물스러운 건물은 얼른 밀어버리고 그 일대를 재정비하는 사업을 한다든가……"

사람이 여럿 죽은 보육원 건물이라면 충분히 흉물이었다.

누가 오래된 흉물을 이토록 오랜 세월 동안 방치할까.

"그래. 그것도 염두에 두고 있어."

헬리는 고개를 끄덕였다. 그는 장거리를 비행한 사람이라곤 보이지 않을 정도로 가벼운 옷차림으로 한가하게 걸었다.

소년들은 밤필드 보육원에서 아주 긴, 끔찍하게 길고 지루한 시간을 보냈다. 보육원은 지금 어떤 모습을 하고 있으려나.

☾

수하는 피곤해 죽겠다는 표정으로 잠자리를 내려다보았다. 요즘 일이 많고, 또 나이트볼 연습장까지 가서 안개화 연습을 하느라 몸이 열 개라도 모자를 정도로 바빴다.

'오늘은 진짜 안개로 변하고 싶지 않아.'

그냥 아무런 꿈도 꾸지 않고, 그래, 헬리가 그녀에게 '공주님'이라고 부르는 그 민망한 꿈도 꾸지 않고 잠만 푹 잤으면 좋겠다. 진심으로.

그녀는 잠자리에 몸을 던졌다. 그때 휴대폰이 반짝거렸다. 아, 이거 분명히 헬리다! 수하는 빠르게 휴대폰을 들었다.

별일 없었어?

음……. 별일이야 있긴 했다.

안개화 연습은 완전 실패했는데 연습하러 가다가 칸인가 걔 만났어.

솔직하게 말했더니 당장 전화가 왔다. 깜짝이야! 눈을 동그 랗게 뜬 수하는 알렉스를 힐끔 쳐다보다가 바깥으로 나가서 전화를 받았다.

"으, 응. 헬리야."

[칸이 또 무슨 짓 했어?]

한 톤 올라간 목소리에는 걱정이 가득하고 다급하기까지 했 다.

"아니야, 아니야. 내가 잘 처리했어."

[때렸어?]

"때리긴 뭘 때려, 날 뭘로 보고……!"

[미안. 근데 사실 때리고서 잘 처리된 거라면 좋은 거라고 생 각해.]

애도 이상한 소리를 한다.

"그땐 때리지 말라고 막았으면서."

볼멘소리로 말하자 헬리는 약간 놀라운지 침묵하더니 낮게 웃었다.

[때리지 말라는 게 아니라, 성공하지 못할 공격만 자꾸 해서 힘 빼지 말라는 뜻이었어. 마주쳐서 뭐라고 했어?]

"사과하고 싶다고 했어. 진심으로."

[혼자 있었어? 이안이 함께 있지 않았어?]

"에이, 매일 데리러 오는 것도 이상하잖아. 내가 오지 말라고 했어. 강의실에서 연습장까지 거리가 얼마나 된다고. 나 혼자 갈 수 있어. 대낮인걸."

그래도. 헬리는 그게 좀 마음에 안 드는 투였지만, 불만은 한 번만 말한 뒤 입을 다물었다. 그것보다는 칸이 도대체 무슨 말을 했는지 속속들이 알고 싶다는 티를 냈다.

[또 뭐라고 했어?]

"왜 뱀파이어들이랑 친구 하냐고 물어봐서 내가 뭐 늑대인간들이랑은 친구 못 할 줄 아냐고 했어."

[그럼……, 칸이랑도 친구 했어?]

헬리의 목소리가 약간 흐려졌다.

"인사만 하는 친구지. 갠 내가 그런 대답 못 할 줄 알았나
봐. 깜짝 놀라더라고."

☾

이걸 웃어야 하나 말아야 하나.

멀리서 수하의 대답 하나에 깜짝 놀라 전화를 걸었던 헬리
는 어둑한 천장을 바라보았다.

다 쓰러지기 일보 직전인 밤필드 보육원은 뼈대 하나는 튼
튼해서 단단한 석조 골조는 다 남아 있었다. 나무로 만든 바닥
이나 천장은 비를 맞아 썩고 부서졌지만, 조심한다면 괜찮았
다.

그래서 헬리가 기억하고 있던 구조도 남아 있었다. 얼룩진
핏자국도 여전히 남아 있다.

"수하야."

네가 갠랑 친구를 왜 해, 그럼 나는 뭔데, 나는 더 가까운 친
구야? 여긴 썩은 냄새와 죽음의 그림자만 떠다녀. 애써 좋은
것들을 떠올리면서 버텨보려 하는데, 가장 많이 생각나는 너
는 내가 없는 곳에서, 하필 갠랑······.

"네가 여기에 잠깐 나타났으면 참 좋겠다."

많이는 아니고 잠깐. 끔찍한 주변도 눈치채지 못하고 얼굴만 보여줄 정도로 잠깐.

그는 설핏 웃었다. 시커멓게 그을린 벽과 한바탕 쓸고 지나간 뒤 세월과 자연이 켜켜이 내려앉아 덩굴식물이 늘어진 몰골을 괴롭게 보며 얼굴을 문질렀다.

[그, 어, 나 아직 안개가 되는 거 못 했어…….]

"그냥 보고 싶어서 그래."

꿈에서 본 공주님과 지금의 수하는 다른 사람일까, 아니면 같은 사람일까.

[어어어어……, 그럼 노력해볼게!]

아무리 생각해도 씩씩하고 기죽지 않으려 애쓰는 그녀는 꿈에서 그를 북돋아주던 여자와 같은 사람 같아서, 자꾸만 헛소리를 하며 기대게 된다.

헬리는 제대로 된 장례도 치르지 못한 채 백골이 된 시신들 앞에서 고개를 숙였다.

→ 제 10 화 ←

보름달 part 1

밤필드 보육원은 상당한 규모를 자랑했다. 석조로 지어진 2층 건물은 어마어마하게 넓은 대지 위에 세워졌고, 단지 일곱 명의 소년들을 보육하기 위한 시설이라곤 믿어지지 않을 정도로 컸다. 그마저도 이젠 흙먼지와 관리되지 않은 건물을 침입한 식물에 점령되었지만 말이다.

헬리는 커다란 종이 있던 종탑이 휑하니 빈 것을 보며 한숨을 쉬었다. 아무것도 남지 않았다.

"우리가 너무 늦게 왔어."

"뭐, 어쩔 수 없지. 이제라도 온 거잖아."

지노는 어깨를 으쓱이며 일부러 더 경쾌하게 말했다. 두 사람 모두 보육원의 흉흉한 몰골을 보며 기분이 축축 가라앉고 있었다.

말 그대로 흉물이었다. 반쯤 부서진 벽에, 안쪽에는 대충 흙으로 덮기만 했다가 결국 드러난 유골들이 굴러다녔고, 쓸 만한 물건은 불에 탔거나 아니면 도둑들이 다 털어가서 남은 것도 없었다. 이곳은 완전히 버려졌다.

"매장을 못 하겠으면 제대로 태우기라도 하지."

지노는 곁을 지나가기만 해도 요란한 소리를 내며 떨어지는 뼈들을 보며 투덜거렸다.

"시체를 태우는 게 목적이 아니었을 거야."

침입자의 흔적을 없애기 위한 불은 시신을 완전히 소각시킬 만큼 충분히 세지 못했다. 헬리의 조용한 말에 지노는 한숨을 쉬었다.

"……전부 선생님들이지?"

전부 그들을 돌봐줬던 선생님들의 시체일까.

"대부분은. 그 후에 버려진 시체들도 있네."

헬리는 덤덤하게 대답했다. 지노는 잠시 고개를 숙이고 손으로 눈을 가렸다.

"……뭘 건지러 올 게 아니라 무덤이라도 만들러 왔어야 했네."

"죄책감 가지지 마. 우린 어렸고, 선생님들도 우리더러 돌아

와서 뒷수습을 하라고 하시진 않았잖아."

그 밤의 기억은 아직까지도 생생하다. 밤잠이 없는 아이들은 어두운 때 더더욱 활발하게 놀았는데, 제각기 책을 보거나 공을 가지고 놀면서도 어쨌든 한 방에 함께 있었다. 그때 들이닥친 선생님이 새파랗게 질려 말했지.

얘들아, 옷 입어, 달아나, 어서!
빨리 뛰어가!

그날 그들이 가장 많이 들은 소리는 '가라'라는 소리였다. 함께 가는 게 아니라, 너희들이 어서 빨리 빠져나가야 한다는 다급하고 공포에 질린 말.

세계 각국의 언어를 가르쳐주고, 수학과 운동을 가르쳐주던 선생님들은 계속해서 그들의 뒤를 막아서며 손짓했다.

빨리 가라.
뒤도 돌아보지 말고 뛰어.

"⋯⋯아, 진짜."

지노는 결국 못 참겠던지 아예 돌아서서 눈가를 문질렀다.

헬리는 그가 그러도록 잠시 놔두었다. 드문드문 이어지는 기억들을 긁어모아 알아내야 할 것들이 많았지만, 감정을 다스린 후에 냉정한 머리로 해야 한다.

헬리는 조용히 두툼한 작업용 장갑부터 꼈다. 세월에 묻어 놨던 의문들을 이젠 직접 마주해야 했다.

"애들을 전부 다 데리고 왔어야 했나?"

다들 따로 애도할 시간이 필요했을지도 모른다. 하지만 지노는 고개를 저었다.

"아니."

그의 목소리가 푹 젖어 있었다. 지노는 다시 목소리를 가다듬었다.

"나랑 형이니까 이 정도로 끝나는 거지, 애들 다 데리고 왔으면 다들 한 달 넘게 아무 말도 안 할걸."

그래서 지노만 데리고 왔던 헬리는 주변을 둘러보며 머릿속으로 끊임없이 의문을 상기했다.

그들은 어디에서 보육원으로 온 것인가.

보육원을 지키던 선생들은 누구인가.

왜 보육원은 습격당했나.

'오늘 다 알아갈 수는 없는 의문이겠지.'

그는 자꾸만 눈가를 문질러 닦는 지노의 손을 잡고 다 부서지고 썩은 문들을 지나 아래로 내려가기 시작했다.

"어디 가, 형?"

헬리는 대답 대신 짧게 웃었다.

"왜 웃어?"

"옛날 생각나서. 네가 항상 그렇게 물어봤잖아. 식사시간이 되어서 밥 먹으러 가는 것뿐인데."

"더 놀고 싶었으니까 그렇지. 그런데, 진짜 어디 가?"

"너는 기억이 안 날지도 모르겠지만 나는 기억하는 곳이 있어."

아마 침입자들이 죄다 쓸어버리고 갔겠지만, 어쩌면 남아 있을지도 모른다. 아니, 사실은 그냥 남아 있길 바랄 뿐이다. 걸어가는 내내 대충 봐도 남은 거라곤 돌벽과 바닥뿐이니, 많은 기대를 하지는 않았다.

"그게 어딘데?"

"숨겨진 비밀장소라고 해야 하나. 선생님들이 몰래 드나들던 곳이 있었어."

"형은 그런 데를 어떻게 알아?"

헬리는 가만히 생각하다가 조용히 대답했다.

"애들 숨바꼭질하는 거 찾으러 다니다가……."

아. 지노는 어깨를 축 늘어뜨렸다.

"……형이 매일 애들 찾아다녔지……. 미안."

"미안하긴 뭐가. 계단 미끄럽다. 조심해."

이끼가 낀 계단을 조심스럽게 내려가며 헬리는 주변을 살피고 또 살폈지만 살아 있는 생물의 기척이라곤 조금도 느낄 수 없었다. 가끔 다람쥐나 생쥐가 지나가긴 했으나, 그뿐이다. 이곳에 살아 있는 존재라곤 헬리와 지노, 단둘뿐이었다.

"아니, 생각해보니까 형도 애였는데 나이가 좀 많아서 괜히 선생님 역할까지 한 거잖아."

"어쩔 수 없었지."

각자 부모님이 따로 있던 것도 아니고, 돌봄을 받아야 할 아이들은 서로밖에 없다는 걸 알자 곧장 똘똘 뭉칠 수밖에 없었다. 그건 보육원이 습격받고 무작정 도망친 후에 더더욱 심해졌다. 나이가 많은 아이가 어린아이를 돌보았다. 헬리가 말했듯, '어쩔 수 없는' 일이었다.

"그래도 형도 애였다니……, 으악!"

지노는 푸드득, 박쥐들이 날아들자 빠르게 얼굴을 가렸다.

한차례 찍찍대는 박쥐들이 요란하게 날아가 버리자 다시 지하에는 어둠이 찾아왔다. 지노는 급한 대로 여러 개의 불을 띄웠다.

"휴대폰 플래시면 충분한데."

"아니, 기분상 여러 개를 띄워야 내가 덜 찝찝할 것 같아 그래."

세차게 고개를 흔드는 지노를 보며 픽 웃은 헬리는 걸음을 옮겼다. 보육원이 정상적으로 운영될 때는 창고나 저장고 등으로 쓰였던 곳이지만, 예전의 기능을 잃은 지는 오래라 부서진 나무통 같은 쓰레기만 널려 있었다.

"형, 여기 뭐가 있긴 있어……?"

"침입자들이 발견하지 않았다면, 있겠지?"

솔직히 헬리는 그곳이 무사하길 바랐다.

"그러니까 그게 뭔데?"

"원장선생님이 가끔 여길 오셨어."

"엥? 왜?"

보통 보육원 원장선생님은 2층 사무실에서 이런저런 일을 하시거나, 말썽꾸러기 형제들을 붙잡고 언어를 가르치거나 책을 읽어주시고 형제들의 무술 실력이 얼마나 되는지 확인하기 바쁘셨는데. 지하에 내려오실 분이 아니었다.

"보통 사람들이 없을 시간에 오셨는데, 그게 저장고 뒤에……."

모퉁이를 돌아 기억을 더듬어가며 저장고를 확인하려던 헬리는 할 말을 잃고 말았다.

저장고는 물론이고, 그 뒤에 숨어 있던 비밀 공간까지 다 드러나 있었다. 벽들은 곡괭이와 정으로 쪼개버린 듯 허물어졌고, 안에 있어야 했던 물건들이며 서류들은 새카맣게 타서 사라진 지 오래였다. 이곳에도 시커멓게 그을린 벽밖에 없다.

한마디로, 아무것도 남지 않았다.

"……뒤에 뭐가 있긴 했네."

있긴 했으나 이젠 그 안의 내용물을 찾아볼 길이 없다.

소년들의 출생이나 정체, 신분에 관한 비밀은 영영 어둠 속에 묻힌 걸까.

지노는 우뚝 서버린 형의 너른 어깨를 쓸쓸하게 쳐다보았다.

"……따라갔어야 했나."

이안은 멍하니 앉아 있다가 중얼거렸다. 뱀파이어 소년들이 사는 넓은 집 거실에 나와 있는 건 그와 솔론뿐이었다.

"뭐 하러?"

솔론이 시큰둥하게 대꾸했다.

"끝이 안 좋았던 데라 둘 다 괜찮을까 싶어서."

"거길 가서 괜찮을 사람이 어디 있어? 그냥 헬리 형이 알아서 한 거니까 믿고 맡겨."

"솔론 너는 보육원이 궁금하지 않냐?"

"사람 시체밖에 더 있겠어?"

퉁명스럽게 말하곤 말이 뚝 끊겼다. 맞는 말이지만 말을 뭐 그렇게 하냐는 대꾸가 들려올 법도 했지만 이안은 아무런 말도 하지 않았다. 한참 두면 솔론이 깊숙한 곳에 숨겨놨던 말을 할 거란 걸 알기 때문이다.

"······보육원이 궁금한 것보단 보육원을 누가 습격했는지 궁금하긴 해."

그건 소년들 모두가 궁금해하는 일이었다. 하지만 살아남는 데 급급해서 보육원 쪽을 돌아볼 시간도, 여유도 없었다.

"뭘 노린 건지, 왜 습격한 건지······. 아마 우릴 노린 거겠지?"

습격의 표적은 너무 뻔했고, 보육원 선생님들도 합심하여 아이들을 바깥으로 빼냈다. 도망치는 데 필요한 물건도 미리 챙겨놨다가 쥐여줄 만큼 대비가 되어 있었다.

"형, 우린 누굴까?"

나는 누굴까.

솔론은 그리 궁금하지 않으면서도 태어난 이상 알아야 하는 질문을 괜히 중얼거려보다가 고개를 흔들었다. 이제 와서 의미 없다.

☾

헬리는 한 번도 사용하지 않았던 욕설이 튀어나오려는 걸 꾹 삼켰다.

더 빨리 왔어야 했나?

아니, 사실 특별한 이유가 없다면 보육원은 뒤돌아보고 싶지도 않은 곳이기도 했다. 어두운 과거가 궁금하다가도, 때론 그냥 완전히 묻어버린 채로 지내는 게 더 좋을 수도 있으니까.

하지만 기껏 용기를 내어 열어보고 싶지 않던 심연의 뚜껑을 열어보려고 왔는데, 아무것도 없다면 좀 억울하지 않나. 아니,

좀이 아니라 많이 억울했다.

"여기도 쓸려나간 걸 보니 완전히 다 들켰나 보네."

여기 뭐가 있긴 있었던 모양이다. 일종의 비밀스러운 방 같은 거였나 보다.

지노는 허탈해하는 헬리를 두고 새카맣게 타고 무너진 책장과 형체만 남은 책상을 둘러보았다. 이런 곳이 있다는 것도 몰랐던 그와는 달리 헬리는 이 공간에 상당히 기대를 걸었던 모양이다.

"……내가 순진했지. 아니, 너무 쉽게 생각했어."

보육원에서의 기억은 아이의 기억이었기에 아이처럼 순진하게 이 공간은 들킬 가능성이 희박하다고 생각했다. 지금 다시 생각해보면, 그럴 리가 없다는 게 뻔한데 말이다.

헬리는 기가 막혀서 허탈하게 웃었다. 여전히 이곳에 대한 일은 전부 그 어린 나이의 사고방식으로 분석하고, 또 생각하고 있다.

"뭐가 있을 리가 없는데."

"그냥 일말의 희망을 걸고 싶은 거지, 형."

지노가 중얼거리는 헬리의 어깨를 꽉 붙잡았다. 그러지 말라고, 자조하지 말라고 떨리는 목소리로 위로했다.

"나도 그래. 꼭 여기 오면 뭐가 있을 거 같고……, 원장선생님은 강하신 분이셨으니까 그분이라도 어디에 혼자 살아 계실 거 같고, 나도 그래. 노아도 뭐가 있다면 꼭 말해달라고, 숨기지 말고 말해달라고 떠나기 전에 신신당부를 하던걸."

헬리는 눈을 꼭 눌러 감았다. 내내 도망치고, 어떻게든 성장해서 혼자 몫을 감당하며 형제들을 지키려 애쓰느라 제대로 울지도 못했다. 애도도 하지 못했다.

오랜 시간이 지나고 나서야 감정들이 밀려든다. 아. 정말 수하가 찾아와줬으면 좋겠다는 유치한 생각까지 들었다.

정작 그녀가 이곳에 나타난다면 눈부터 황급히 가리고 빠르게 이곳에서 벗어나게 할 거면서.

"으아, 다 썩었네."

지노는 일부러 더 요란하게 주변을 살폈다. 그의 수선스러운 손길에 이 방을 빽빽하게 메웠던 책장인지 서랍장인지의 흔적이 툭툭 떨어졌다.

헬리는 지노의 손을 물끄러미 바라보았다. 그래. 원장선생님의 손도 저렇게 바쁘게 이곳에 있던 서가를 오고 갔다. 책들을 꺼내고, 책장 뒤에 있는 흠집들을…….

"지노."

"어?"

왜? 지노는 자신의 손을 움켜쥐는 헬리를 쳐다보았다. 그의 눈은 방 주변을 샅샅이 훑고 있었다.

"불을 더 켜봐. 주변에 아무도 없는지 더 주의를 기울이고. 아무도 이걸 알아선 안 돼."

까만 저장고의 어둠 속에서 좋아하는 원장선생님을 몰래 쫓아왔다가 저도 모르게 기적을 죽인 적이 있던 소년은 이끼가 늘어져서 제대로 보이지도 않는 돌벽을 빠르게 훑었다. 이젠 제 기능도 하지 못하고 반은 타고, 나머지 반은 썩어버린 나무들이 와르르 무너졌다.

지노는 갑자기 이상하게 행동하는 형을 놀라 바라보면서도 그가 시킨 일은 착실하게 해냈다.

'저렇게 요란하게 소리를 내면 사람들이 없다가도 무슨 일인가 싶어 찾아오겠다.'

물론 지적하는 건 참았지만 말이다.

헬리는 거의 미친 사람처럼 차가운 벽을 더듬었다. 뭔가를 찾는 모양이라, 지노는 그의 근처에 불을 더 가까이 대주었다. 그는 그 빛이 기꺼운 듯 거의 벽에 얼굴을 들이밀다시피 하다가, 어떤 지점에서 멈춰 섰다.

"뭔데?"

"잠깐만 있어봐. 나도 잘 몰라. 그때 잘 안 보였거든. 그러니까⋯⋯. 이걸 좀 풀어내야 하는데, 그래, 원장선생님이 이대로 끝내셨을 리가 없어."

헬리의 눈은 거의 미친 사람처럼 번들대고 있었다. 그는 겉보기엔 그저 평범하게 흠집이 난 벽돌 몇 개를 붙잡고 이리 눌렀다 저리 눌렀다 하고 있었다.

"그⋯⋯렇지, 원장선생님은 우리가 본 사람 중에 제일 강한 분이시긴 한데, 형, 내가 지금 못 따라가겠거든? 설마 원장선생님이 이 방에 또 비밀의 공간을 만들어놓⋯⋯."

흙먼지를 뿌리며 오래된 벽돌이 저절로 움직이는 소리에 지노의 말이 뚝 그쳤다.

그는 휘둥그레진 눈으로 벽돌 두 장이 움직이더니 스르르 열리는 작은 공간을 바라보았다.

제 11 화

보름달 part 2

흙으로 빚은 벽돌이 움직이는 건 상당히 기괴한 소리를 냈다.

지노는 처음 들어보는 소리였는데, 더 신기한 건 뻑뻑하게 움직이는 게 아니라 흙가루를 떨어트리면서도 나름 스르륵 부드럽게 움직였다는 점이다. 커다란 벽돌이 아귀가 딱딱 맞게 움직이더니 먼저 움직인 벽돌 두 장 뒤로 다른 벽돌들이 착착 움직였다.

"와……"

지노는 저도 모르게 감탄했다. 이것저것 미리 알아보고 분석하는 자카가 이걸 봤다면 무척 좋아했겠다. 무슨 장치가 저렇게 섬세하고 부드럽게 벽돌을 움직이는 거지?

"뭐야? 뭐가 있는 거야?"

안에 뭐가 있는 거 같긴 하다. 종이 몇 장과 검은 천에 둘둘 싸인 길쭉한 물건.

지노는 물어보면서도 괜히 뒤를 살폈다. 꼭 이런 때 뒤에서 뭔가가 왁, 하고 달려들 것 같은 기분인 건 공포영화를 너무 많이 봤기 때문일까? 생각지도 못한 비밀장치를 발견했더니 신경이 더 예민하게 곤두섰다.

"서류……, 같은데."

헬리는 장갑을 끼고 조심스럽게 손을 뻗었다.

"이런 데에 종이가 있다니……. 망가지지는 않았어?"

"잉크가 좀 날아갔네. 끄트머리도 바스라졌고. 그래도 이 정도면 괜찮아. 그런데 왜 자꾸 뒤를 봐?"

지노가 뒤를 힐끔댄다는 걸 쳐다보지도 않고 알아챈 헬리가 무심히 물었다.

"왜긴……, 꼭 이렇게 새로운 보물 발견에 정신이 팔렸을 때 뒤에서 누가 덮치잖아."

헬리는 그제야 서류에서 눈을 떼고 지노를 쳐다봤다.

"너 공포영화 그만 봐라."

"아냐, 그렇게 많이 보지 않아."

"많이 안 보지. 노아나 시온이 보는 거 옆에서 꼼사리 껴서

보다가 소리 지르고 불 피워서 커튼 태워 먹고 난리 치잖아."

소년들이야 다 키가 크긴 하지만, 그중에서도 제일 덩치 큰 놈이 몇 번 움찔움찔하면서 불꽃을 일으키더니 여기까지 와서도 그러려나. 헬리는 한숨을 쉬었다.

"느껴지는 인기척이 있어?"

지노는 열심히 고개를 흔들었다.

"그럼 긴장 좀 풀어."

"아니……, 꼭 보물이라도 찾은 기분이잖아."

"보물이면 좋은 거지."

"……좋을 수 있는 자리는 아니잖아."

무참한 살육이 벌어졌던 곳이다. 이곳에서 몇 명이나 죽었을까? 지노는 눈에 힘을 확 주었다.

친절하고 다정하던 선생님들이 비명을 지르면서 쓰러졌다. 저 멀리에서도 그들의 피 냄새가 몰려와 구역질이 나는 걸 참으며 동생들의 팔을 잡아끌어 달려가던 기억이 아직까지도 선명했다.

사랑을 주고 하나하나 정성 들여 돌봐주던 사람들의 피 냄새를 정확하게 맡아낸 본능은 결국 그들이 죽고 있다는 걸 깨닫게 했다. 그런데 할 수 있는 건 아무것도 없이 도망이나 쳐야 한다는 사실에 구토가 일었더랬다.

차가운 밤공기, 이슬이 내려 젖은 숲속, 울던 노아를 업어서 데려가던 이안, 나뭇가지에 스쳐 긁히고 넘어져서 무릎을 다쳐가며 도망쳤던 무서운 밤.

그 공포는 아직까지도 소년들의 뼛속 깊이 남아 있을 거다. 지노는 자신만 그런 게 아니라 형제 모두가 그렇다는 걸 확신할 수 있었다.

"뭐라고 적혔어?"

잡생각을 털어내듯 머리를 흔든 지노가 헬리에게 물었다.

"……이거……, 아무래도 다 같이 고민해봐야 할 거 같은데."

지노는 멍하니 형을 쳐다보았다. 그는 고풍스러운 필기체로 빽빽한 종이를 쥐고 약간 곤혹스럽다는 표정을 짓고 있었다. 방금 전까지만 해도 미친놈처럼 벽을 더듬던 사람이 지을 표정은 아니지 않나?

"왜, 왜……?"

헬리는 대답 대신 입술을 말고, 안쪽에 있던 검은 천으로 싼 긴 물체도 꺼내 들었다. 가볍게 들려 손에 착 감기는 기분이 이상하다.

'검'은 헬리의 것.

검이라니. 그래서 원장선생님이 그에게 그렇게 검술을 가르치셨던 걸까.

다른 소년들은 하기 싫다고 하면 배우지 않아도 괜찮았는데, 헬리만은 예외였다.

"일단 우리 흔적부터 다 지우자. 더 찾아봤자 이게 다인 것 같아."

헬리는 지노가 묻는 말에 대답도 안 하고 다른 이야기부터 했다. 그래도 지노는 상관없었다. 오랜 시간 헬리와 지내온 경험으로 미루어볼 때, 아마도 '다 같이 고민할 때' 이야기해줄 테니까. 그렇지만 말이다.

"……흔적을 지우기엔 저 벽이 너무 노골적이지 않아……?"

저 열린 비밀 공간 어쩔 건데.

지노가 가리킨 벽돌을 본 헬리는 잠시 고민하다가 들고 있던 종이를 지노에게 넘겼다.

"열었으면 다시 닫는 방법도 있을 거야."

"할 수 있겠어?"

"못 할 게 뭐 있어."

헬리가 다시 벽을 더듬는 사이, 지노는 잘못 만지면 금방이라도 바스라질 것 같은 누렇게 변색된 종이를 들여다보았다.

도대체 뭐라고 쓴 거람? 원장선생님 글씨인가? 와, 알아보기 힘들다.

그사이 스르르륵, 벽돌이 움직이는 소리에 지노의 연두색 눈이 잠깐 들렸다. 벽돌 한 장이 다시 저절로 움직였다. 헬리가 애를 쓰는 걸 보면, 저러다 금방 닫히겠다.

'그건 다행인데……, 이게 뭐야?'

품, 하고 웃음이 터지는 소리에 벽에 숨겨진 장치를 다시 작동시키려고 끙끙거리던 헬리가 결국 한숨을 쉬었다. 쟤도 읽었구나.

"형."

"왜."

"뭔 공주야?"

으하하하, 지노는 아까까지 느끼던 긴장감도 잊고 웃어버렸다.

"너 원장선생님 앞에서 그거 읽으면서 그렇게 웃을 수 있어?"

헬리의 말에 지노의 표정이 달라졌다.

"아니, 그건 아닌데……, 그래도 그렇지, 우리 원장선생님이 판타지 소설을 즐겨보셨나? 아니, 공주는 뭐, 그렇다 쳐. 기사가 뭐야?"

좀 오그라드는데.

"공주가 있으면 기사는 당연히 있는 거지. 지금도 왕이 있는 국가는 그렇잖아."

"아니, 그래도 그렇지 어떻게 목숨 바쳐 지키느니……, 이건 뭐야, '다시 나타날 때까지 기다리라'고?"

난감하다는 듯 웃던 지노의 표정이 굳었다. 목숨을 건 굳은 결의가 새겨진 부분까지 읽은 거다.

그때쯤 스르륵 하고 모든 벽돌이 도로 제자리로 돌아갔다. 손을 탁탁 턴 헬리는 한숨을 쉬며 몸을 폈다.

"그러니까 돌아가서 다 같이 고민해보자니까. 그냥 웃어넘긴다면 우린 여태까지 보고 들었던 모든 걸 다 웃어넘겨야 해."

우리가 가지고 있는 능력도, 일곱 명이 공통적으로 꿈에서 본 수하도, 여기까지 겨우 살아온 우리 자신도.

모든 걸 다 포함한 헬리의 말을 바로 알아차린 지노는 얼굴을 확 굳혔다.

"……나는 그냥……."

"그래."

"선생님들이 죽은 이유가 좀 더……, 좀 더 현실적인 이유일 거라고 생각했어. 이건 너무……, 너무……."

이런 말도 안 되는 일을 받아들일 수는 있을까? 그럼 이제 어떻게 해야 하는 거지?

"아니야."

붉은 머리카락이 혼란스러운 지노의 고갯짓을 따라 흔들렸다. 헬리는 그런 그의 어깨를 꽉 붙잡았다.

"아니야. 그만큼 받아들이기 어려운 일이고, 거짓말처럼 보이는 일이라 목숨까지 걸었던 거야. 나도 잘은 모르겠지만……, 아마 그랬을 거야. 그러지 않고서야 왜 우리를 그렇게 숨겨서 키우고, 또 살리려고 했겠어?"

그 말에 지노는 가까스로 고개를 끄덕였다.

"일단 가자."

"응."

들고 왔던 배낭에 종이를 어찌어찌 싸서 넣고, 오던 길을 되짚어가며 남겼던 흔적이 혹시 있나 샅샅이 살폈다.

소년들은 원래 몸놀림이 가볍고 날래서 흔적을 남기지 않는데 탁월했지만, 밤필드 보육원은 끔찍한 살육이 벌어졌던 곳이니 더 신중을 기해야 했다.

"더 찾아보지 않아도 되겠어, 형?"

"이렇게 무너졌는데 뭐가 더 나오겠어. 지하니까 그나마 보존이 되어 있었던 거지."

"응. 그러게."

지노는 고개를 끄덕이며 배낭을 툭 내려놓았다.

"지하는 깨끗한데, 위가 문제네."

헬리는 들고 왔던 검은 천으로 싼 막대기 같은 걸 꾹 쥐었다.

"아니……!"

보육원 폐허 사이에서 모습을 드러낸 두 소년을 보고 당황하는 하급 뱀파이어들이 둘이다. 마치 정해진 시간에 순찰을 하는 것처럼 설렁설렁 돌아다니다 소년들을 보자마자 흠칫 놀라 굳었다.

"어떻게……?"

이쪽 나라말로 저들끼리 빠르게 주고받는다. 하지만 소년들은 적어도 이 자리, 이 보육원에서는 그걸 다 기다려줄 생각이 없었다.

"으악!"

화르륵, 불길이 치솟았다.

선방 필승.

지노는 수하에게 이것부터 다시 가르쳐줘야겠다고 생각했
다.

☾

"너, 또 늑대 놈들이랑 만났어?"

보자마자 인사도 않고 미간을 홱 찌푸리는 솔론을 가만히
보던 수하는 주섬주섬 가방을 내려놓았다.

"응. 그래. '안녕'?"

"……안녕."

"나는 오늘 밥 잘 먹고 무사히 잘 보내다가 간식도 너랑 먹
으려고 사 왔어. 너는 밥 잘 먹고 잘 살고 있었어?"

"먹었……, 먹었는데 뭐하러 사 와."

솔론이 잊은 인사부터 꾹꾹 눌러 한 수하 때문에 솔론의 얼
굴이 괜히 빨개졌다.

"너랑 먹으려고 사 왔다니까. 너랑 연습하고 나면 다리가 후

들거려서 기숙사까지 기어간단 말이야. 일단 먹고 시작하자. 그리고."

솔론이 뭐라 하려는 걸 막은 수하가 간식거리를 잔뜩 펼치며 또랑또랑하게 말했다.

"내가 칸이랑 마주쳤다는 건 헬리도 알아. 전화했어."

"아, 그래, 그러면……, 그러면 됐어."

그러면 그가 신경 쓸 일은 아니다. 하지만 수하에게서 미약하게 나는 칸의 냄새는 여전히 거슬렸다.

"있잖아, 나 궁금한 게 있는데 좀 물어봐도 돼?"

"보통 그런 질문을 하면 안 된다고 하기가 어렵지 않냐?"

"대충 듣기론 너네도 뱀파이어는 맞는 거지? 근데 요전에 봤던 하급인가 하는 뱀파이어들이랑은 또 다른 거고?"

솔론은 과자를 뜯다 말고 조금 경직된 자세로 고개를 끄덕였다.

말하기 싫은가? 수하는 일부러 물어보려고 사 온 간식거리를 열심히 풀어놨다.

"가까이 지내면 조금이라도 알고는 싶단 말이야……. 말도 안 해줘놓고 '저놈들이랑 가까이 지내지 마!'라고 하는 건 좀 그렇지 않아?"

그건 맞는 말이라 솔론은 아무런 말도 하지 않았다.

"말해주기 싫어? 뭐, 그러면 말을 안 해도 되지만……."

"네 피를 흡혈하지는 않아. 그게 궁금한 거라면 무서워하지 않아도 돼."

"그건 나도 알고 있어."

와삭. 하마터면 과자를 먹다가 혀를 깨물 뻔한 그가 고개를 들어 태연한 수하를 쳐다보았다.

"먹으려고 했으면 진작 먹었겠지. 그 선샤인 시티 스쿨 주장도 그걸 걱정하는데, 난 솔직히 그게 좀 기분이 나빴어. 내 친구들인데 왜 가까이 지내라 말라야?"

이상하고 복잡하다. 애초에 서로 사이가 안 좋다는 건 알고 있지만, 안 좋은 이유라도 정확하게 알고 싶었다.

"네가 하고 싶은 대로 하면 될 거 아냐. 이래라저래라하는 얘기는 신경 쓰지 말고."

이 맛은 아무래도 노아가 좋아할 거 같은데. 솔론의 입맛에는 지나치게 달았다. 그는 과자를 따로 밀어놓고 새로운 과자를 집어 들며 무심히 중얼거렸다.

"네 친구 관계니까 네가 정하는 게 맞는 거고, 직접 겪지 않는 이상 너도 우리가 하는 경고가 무슨 뜻인지 모를 테니까."

이미 해가 졌고, 바람에 그의 푸른 머리카락이 휙 날렸다. 긴 속눈썹 아래 오드 아이가 무심히 빛났다.

'얘는 지노와는 정반대인 성격이려나? 아니, 머리카락 색만으로 다를 거라고 판단하는 게 어디 있어……?'

수하는 쓸데없는 생각을 털어버렸다.

"아무튼 나는 신경 안 써. 정 궁금하면 주변에 돌아다니는 그 늑대 놈들한테도 이런 거 던져주면서 물어보든가."

솔론은 무심하게 과자더미를 가리키며 감자칩을 먹었다. 어차피 수하 얘도 이들과 얼마나 더 붙어 있을지 모르는 일 아닌가. 같은 뱀파이어도 아니고 하물며 인간인데, 오래 있어 봤자 얼마나 더 오래 있는다고.

"이런 거라니, 내가 용돈 털어서 기껏 사 왔더니……. 먹지 마!"

"나 주는 거라며. 싫은데."

그가 표정 하나 바꾸지 않고 감자칩을 사수하는 순간이었다. 빽빽한 나무들을 끼고 약간 외곽에 위치한 나이트볼 연습장 바깥 테이블에 앉은 그들의 귀에 어떤 이상한 소리가 들렸다.

"아아아아악!"

남자의 것인지 여자의 것인지 불분명한 비명소리에 솔론이
먼저 벌떡 일어났다. 스산하고 싸늘한 바람이 휙 지나갔다.

〈DARK MOON: 달의 제단〉 1권 끝

DARK MOON 1

WITH **ENHYPEN**

2023년 12월 20일 초판 1쇄 발행

기획/제작 | HYBE
공동기획 | WEBTOON

발 행 인 | 정동훈
편 집 인 | 여영아
편집국장 | 최유성
편   집 | 양정희 김지용 김혜정 김서연
디 자 인 | DESIGN PLUS

발 행 처 | (주)학산문화사
등   록 | 1995년 7월 1일
등록번호 | 제3-632호
주   소 | 서울특별시 동작구 상도로 282 학산빌딩
편 집 부 | 02-828-8988, 8836
마 케 팅 | 02-828-8986

ISBN 979-11-411-2006-1 03810
ISBN 979-11-411-2005-4 (세트)

값 9,800원